# 逆回りのお散歩

三崎亜記

JN178074

集英社文庫

目次

# 逆回りのお散歩

# 逆回りのお散歩

# 1

A市中央駅西口の、バスターミナル上のペデストリアンデッキで、聡美《さとみ》はおろし立てのブラウスの襟元を整えながら、小さなため息をついた。

ベンチには、ホームレス風の男が数人、人の同情を一切寄せ付けまいとするように、背を丸めて座り込んでいた。かつて、放課後を少しでも引き延ばそうとたむろしていた高校生たちは、いったいどこに消えてしまったんだろう？　踏んでしまわないかと危ぶむほど群れていた鳩《はと》も、今は数羽しかいない。

デッキ中央の時計台の下に立ち、久しぶりの駅前の風景を、時計と逆回りに見渡した。

駅前で最も目立つ建物は、聡美が小学生の頃、「州都以上のブランド数と品揃《しなぞろ》え！」と鳴りもの入りでオープンしたファッションビルだ。それから二十年経《た》った今、当時のテナントはすべて退去し、全国チェーンの漫画喫茶や居酒屋、百円ショップなど、テナントの穴を埋めるためだけに寄せ集められた店々が幅を利かせている。客足が遠のく上層階は、そうした店舗にすら敬遠されたらしく、苦肉の策なのか市役所の子育て支援施設と高齢者サポート施設が入居していた。

駅周辺は、昔に比べれば確かにビルが増え、街並みは洗練された装いを見せている。だが人通りは少なく、ビルの二階、三階には、何年もそのままなのだろう、「入居者募集中」の色褪《いろあ》せた貼り紙が目立つ。屋上看板は消費者金融かパチンコ店の広告が入っていればまだいい方で、その多くは支えるべき看板もなく、骨組みを晒《さら》すばかりだ。

A市に住んでいた高校生の頃までは、通学で毎日見ていたはずの風景なのに、微妙に縮尺の違う街に紛れ込んだような違和感がまとわりついて離れない。

聡美が今暮らしているB市は、A市とは十五キロ程離れているに過ぎない。とはいえ、車での移動が日常となった今では、駅はもはや街の入口ではなくなっていた。

建物や景観が新しくなれば、当然街は移ろう。でも、時の流れに取り残され、「変われなかった」ことでも、街は変わるのだ。両方の変化によって居心地が悪くなった街の「現在」を、ゆっくりと噛《か》みしめる。

変貌した姿を悲しむつもりはなかった。没個性化した街並みを嘆きつつ、地元の店を蔑《ないがし》ろにして大型店やチェーン店でばかり買い物するような、ちぐはぐな人間にはなりたくない。変化を傍観していた聡美は、街の衰退に加担したも同然だ。加害者が被害者ぶるのは滑稽でしかないだろう。

ショーウィンドウに映った姿で、出かける前に何度も確かめたコーディネートをもう一度チェックする。スカートの柄が少し幼すぎたのではと、今さらどうしようもない後悔に襲われる。

頬に触れる風はわずかだ。それでも、上空に見えない気流があるのか、商業ビルの屋上からの垂れ幕は激しくはためいている。

――C町との行政単位統合を成功させよう！　A市統合推進室――

統合まであと一年。少し留守にしている間に、実家を建て替えられてしまったような気がして、知らず口が尖《とが》る。だけど街の方からすれば、変わってしまったのは聡美の方かもしれない。

――私は、変わったの？

閑散としたデッキに、高校の制服を着た自分を、そっと置いてみる。そのまなざしが今の自分を蔑《さげす》んでいる気がして、慌てて頭から追いやった。

変化に敏感になっているのは、これから会う相手のせいかもしれない。

◇

「変わってないな」

背後からの言葉は、この街に向けられたのか、それとも聡美に対してだろうか。すぐにそれとわかる声に懐かしさを感じながら、ゆっくりと振り返った。

「おかえり、和人《かずと》」

「ああ、ただいま」

大股でまっすぐこちらに歩いて来た和人は、あと五歩という所で立ち止まり、聡美と向き合う。見えない壁に阻まれたような距離が、今の二人を表すようで、ぎこちない笑顔を浮かべてしまう。

「四年ぶり……になるのかな？」

「そうだね。私が前の職場の仕事で出張した時に会ったのが最後だから」

和人は四年分の時を、今の聡美の姿に重ね合わせているようだ。

「変わらない……、いや、変わってる、のか？」

感慨を込めて辺りを見渡している。彼にとって駅前の風景は、聡美以上に様変わりして見えることだろう。

彼は首都の大学へ進学し、程なく父親も家族を伴って旧都へ転勤したため、A市で戻るべき場所を失った。それから約十年、大学卒業後に五年間勤めていた企業を退社し、Uターンして来たのだ。

狙い定めたように、和人の視線が止まった。その先は、統合推進の垂れ幕だった。

「ふーん……」

首を傾《かし》げて見つめる表情は、高校生の頃のままだ。ただそこに、社会人としての積み重ねの中で培われたのだろう、ある種の不遜《ふそん》さを垣間見てしまい、聡美は少し戸惑ってしまう。

だが二人で駅前の喫茶店に入った途端、時が巻き戻された気がした。

「あの時も、ここだったよね」

「ああ、そうだったな」

きっかけは、A市が主催する高校生弁論大会だった。市内各校から選ばれた代表者が、市の公会堂で、「若者の主張」を発表した。二人は、それぞれの学校の発表者だった。

和人は、バイパス道路建設計画によって市の保存樹の楠《くすのき》が切り倒される事例を取り上げ、街の発展とそこに生じる犠牲の問題を憂い、最大多数の幸福を模索し続ける社会を求めた。

聡美は格差の問題に触れた。自分が何の不自由もなく暮らす今も、飢えや戦争で苦しむ人々がいることに思いを馳《は》せ、幸せを追求しつつも、見えない誰かの痛みに自覚的であるべきと主張した。

今思えば気恥ずかしいほどの、正義感と純粋さだった。あの頃、前途には希望と自信だけが輝いていた。それが許され、望まれる年齢だったのだから。

発表順が続いていたこともあって、控室で励まし合ううち、互いを意識するようになっていた。閉会後、和人の方から「少し話をしないか」と誘ってきた。それがこの喫茶店だった。

あの日、二人でいろんな話をした。戦争や環境破壊、貧困や格差、自分たちを取り巻く、さまざまな問題について。流行《はや》りの音楽や恋愛や受験の話にしか興味を示さない友人たちに物足りなさを感じていた二人は、それ以来、学校の友人とは違う話ができる相手として、互いを認め合うようになっていた。

もちろん異性として意識しなかったと言えば嘘《うそ》になる。おそらく和人もそうだろう。だけどそれ以上に、互いの考えを尊重し合う同志であり、ある意味将来を競い合うライバルとして認識していた。無自覚な友人たちの中で、自分たちだけは違うんだ、と。

「だけど、連絡もらってびっくりしたよ。和人はもう、首都から戻って来る気はないって思ってたからね」

社会人になってから、仕事や遊びで、何度か首都を訪れた。長く続く不況の最中《さなか》とはいえ、まだまだ首都は活気があった。聡美ならば、あの華やぎの中で過ごして、今さらこの街に戻ろうとは間違っても思わないだろう。

「何か……、会社であったの？」

和人は大手食品メーカーに勤めていた。誰もが商品名を即座に挙げることができるほどに知られた会社だった。

「今時、転職なんて珍しくないだろ？」

「そりゃそうだけど……」

和人の会社は隣国の女優をCMに起用していた。その女優が、母国でこの国に対して批判的な発言を繰り返しているという噂《うわさ》がネット上で取り沙汰され、大きなバッシングを受けたのは記憶に新しい。そんないざこざも退社と関係があるのだろうか。

「それで、これからどうするつもりなの？」

就職難の時代だ。有名メーカーに勤めていた実績をもってしても、再就職は難しいだろう。第一、この街に和人の希望に合致する求人があるとは思えない。

「しばらくは失業手当で食いつなぎながら、就職活動だな」

「そっか……。まあ、じっくり職探しをするといいよ」

励ましながらも、疑問が芽生える。彼の両親もすでにA市を離れているので、和人にとっては、昔住んでいた街でしかない。どうして今さら、戻って就職する気になったのか。

——もし、和人の転職がうまくいったら……

打算めいた思いが浮かんでしまったのは、もちろん表には出さない。三十が近づくにつれ、周囲から結婚の話題を振られることも多くなった。焦りとまでは行かなくとも、誰かに急《せ》かされているような鬱陶《うっとう》しさは常にある。心に期するものを感じてしまう自分を恥じないほどには、聡美も大人になっていた。

「聡美こそ、今は何してるんだっけ？」

「都落ち」を詮索されたくないのか、和人は聡美の近況に触れる。

「さっき、前の職場って言ったよな。卒業してから勤めてた所は、もう辞めたのか？」

「うん、二年前にね。今は、B市の小さな会社で事務員をやってるの」

「じゃあ、今は住まいは？」

「B市で独り暮らしをしてるよ」

そう答えるしかない複雑な思いは、喉の奥にそっと飲み込んだ。

「そうか……」

和人はしばし手の中でコーヒーカップをもてあそぶ。コーヒーに映り込んだ戸惑いの表情を、波紋がかき消した。

——拍子抜けだな……

和人が心の中で呟《つぶや》いたのが、手に取るようにわかった。取り巻く世界に対して自覚的であり続けようと語り合った二人だ。今の聡美に物足りなさを感じないわけがない。

「ねえ和人、あの楠、覚えてる？」

「楠？」

疎遠になった知人のことでも聞かれたように怪訝《けげん》そうだ。自分が弁論で触れた出来事なのに、すっかり記憶を風化させてしまっている。

「バイパス道路の犠牲になった十八本の楠だよ。今はすっかり周辺も開発されて、駅前よりもあっちの方がずっと賑《にぎ》わってるよ」

「ああ……、そういえば、そんなものもあったなぁ」

ようやく記憶が甦《よみがえ》ったらしく、古き良きエピソードでも振り返るように、懐かしそうに眼を細める。

十年という時の経過は、単なる時間以上に、二人を引き離した気がした。同じ方向に歩いていても、歩幅や速度が違えば、時が経つにつれ隔たりは大きくなる。それともいつの間にか二人は、まったく違う方向へと歩きだしてしまったのだろうか？

「A市も、これからC町と統合するし、少しは活気が戻るかもね。仕事の探しがいがあるんじゃない？」

「C町との統合か……」

何か思うところがあるような、意味ありげな呟きに感じられた。

「どうかしたの？」

そう尋ねた聡美を正面から見つめ、和人は大げさなため息をもらす。話すに足りぬ相手に打ち明けてしまったことを悔やむようだ。

「ネット上で、統合反対運動が巻き起こっているのを知らないのか？」

初耳だった。そもそも統合についての「意見」そのものを聞いたことがなかった。異論が聞こえてこないということはすなわち、順調に進んでいるものと思い込んでいた。

「ごめんなさい。私、あんまりネットは見ないから……」

「これを見てみなよ」

和人は、カバンから取り出した携帯型のデバイスを開いた。

大規模交流サイト「かてごりー」のトップページが表示される。文字通り様々なカテゴリーに分かれて、匿名で自由に書き込んで交流することができるネット上の掲示板だ。

「私、こういうの苦手なんだけどな」

「交流」と言えば聞こえはいいが、無記名であるのをいいことに、罵詈雑言《ばりぞうごん》が飛び交う場、と認識していた。ネット検索で「かてごりー」の情報が表示されても、敢《あ》えてスルーしてきた。

「まあ、ちょっと見てみろよ。面白いことになってるから」

和人は慣れた手つきで「地方自治」→「まちづくり」とカテゴリーを絞ってゆく。最後に行き着いたのは、「A市C町行政単位統合　賛成？　反対？　56」というTT（トーク・タイトル）だった。

「この、56って何なの？」

「『かてごりー』は、一つのＴＴに八百件しか意見が書き込めないからな。八百を超えたら次のＴＴに移行するんだよ」

「じゃあ、このＴＴはもう五十六回目ってこと？」

一地方の市町村の統合に、全国から書き込みがあるとは思えない。この地域のネット住民が、それだけ活発な議論を繰り返しているということなのだろう。

「そうだよ。つまり五十六かける八百で、四万件以上の意見が書き込まれてきたってことになるな」

「四万件……」

絶句する聡美に見せつけるように、和人はＴＴを開いた。

――３４５　行政単位統合反対闘争無名戦士
このままじゃ、Ｃ町のＡ市乗っ取りは時間の問題だ
何としても阻止しなきゃ

――３４６　行政単位統合反対闘争無名戦士

このままC町の思惑どおりに進んでしまっては、取り返しのつかないことになるからな

——347　行政単位統合反対闘争無名戦士

お前らさあ、昼間っから、こんなくだらないことで盛り上がってないで、さっさと就職しろよ

——348　行政単位統合反対闘争無名戦士

おおっと、来ましたよ。市役所職員が！

——349　行政単位統合反対闘争無名戦士

平日の昼間っから、こんな所に書き込みする暇があるんだ

公務員って楽でいいなあ

「何なの、これ……」

閲覧する間にも、統合に否定的な意見が次々に増殖してゆく。冷静な書き込みもある

にはあったが、寄ってたかって「A市職員認定」されてしまい、まともなコメントも残せずに退散していた。

「どうしてこの人たちは、こんなに統合に反対しているの?」

たかが統合で、ここまで盛り上がるほど問題があるとも、住民に郷土愛があるとも思えなかった。聡美が住んでいた頃の市長選は投票率が四十パーセント前後で、政治参加意識の低下が嘆かれていたのだから。

和人は周囲の客に素早く視線を走らせ、声を潜めた。

「このままだと、A市がC町に乗っ取られてしまうからだよ」

「乗っ取るぅ?」

地方の小さな市と町の統合に「乗っ取り」なんて物騒な言葉を絡めるのは無理があった。「この国の政治が、実は陰の組織に操られている」などという荒唐無稽な陰謀論のようにしか聞こえない。

「信じてないみたいだな」

「いきなり乗っ取りだなんて言われてもね。それよりさぁ……」

話題を変えようとした聡美に、和人は気付こうともしない。

「じゃあ聞くけど、A市にとっての統合のメリットって、何があるんだい?」

「メリットって……。そりゃあ、市の規模が大きくなることでのスケールメリットだとか、事務の一元化による効率化とか、色々あるでしょう?」

六年前、国の後押しを受けて全国で統合が推進された頃に、多くの報道がなされていた。国家財政の悪化によって、今まで安閑としていた自治体行政も、合理化や効率化を第一に進めていかなければ立ちゆかなくなるという危機感から始まった話だろう。

「確かにその通り。だけどそれは、どこの都市間の統合でも言える一般的なメリットだよね?」

「何が言いたいわけ?」

持って回った和人の言葉に、聡美は少し苛立《いらだ》った。

「なあ聡美、C町って、何があったっけ?」

デバイスの画面が地図情報に切り替えられた。A市を中心に、周辺市町村が表示される。

A市は、C町・D市・E町・F町と接している。D市とE町とは主要な国道や鉄道で結ばれており、子どもの頃から何度も訪れた覚えがある。南東部の山側にあるF町は、A市に水を供給するダムが造られていることもあって、馴染《なじ》みは深い。

それに比べてC町は、A市と接する市町村の中では、一番ぱっとしない印象だった。既に生活の基盤はB市にある聡美にとって、A市とC町の行政的なつながりなど知りようもなかった。

統合ラッシュの際には持ち上がりもしなかった話が、今になって具体化しようとしている理由は、確かにわからない。それに周辺の自治体では、一度に複数の市町村が統合する例が多かった。A市とC町だけの統合というのも、不自然な気はする。

「A市の統合先として、なぜC町が選ばれたのか。逆に言えば、なぜ他の市や町は『選ばれなかった』のか。それを考えると、疑問が浮かび上がって来ないか？」

和人の指が、C町以外の自治体と接した市境の上をなぞり、見えない壁を築く。

「そういえば統合ラッシュの頃に、F町の町長が、統合してくれってA市長に泣き付いたって、噂になっていたけど」

かつては林業で潤ったF町だが、今は目玉となる産業もなく、統合しなければじり貧になることは目に見えていた。A市も水源としてお世話になっているとはいえ、お荷物にしかならないのはわかりきっているからか、いつの間にか話は立ち消えになってしまった。

「A市については他にもいろんな『縁談』を聞いたけど、結局、全部破談になっているんだ。それが今になって、何の議論も無いままC町との『お見合い』がとんとん拍子に進んでいるってわけさ」

「言われてみれば、どうしてC町は、B市じゃなくってA市を選んだんだろうって感じはするんだけどね」

C町は、A市とB市の中間に位置する。都市交流圏としてはA市よりもむしろB市寄りだし、歴史的にも関係が深い。

ようやく聡美も、統合の不自然さが気になって来た。だからといって、「乗っ取り」に合点がいったわけではない。

「そりゃあ確かに、C町は人口も面積もA市の半分にも満たないんだから、A市にとってはメリットがないのかもしれないけど……。対等統合したがってるならまだしも、C町は併合で納得してるんでしょ？」

統合方式が対等か併合かという話題は、統合ラッシュの頃に何度も耳にした。これほどの規模の差であれば、C町が併合されるのが一般的だろう。

「この記事によると……」

和人はデバイスを切り替えて地元紙『西州時報《さいしゅうじほう》』のサイトを立ち上げ、チェックしていた過去記事を選ぶ。「A市C町統合調印式」という見出しの、写真付きの記事が表示された。中央で市長と町長が握手をし、背後には統合推進派らしき議員たちが居並んでいる。

「どうかしたのか？」

硬直したように写真から目を離さずにいる聡美をいぶかしむように、和人が尋ねる。

「……ううん、なんでもない」

慌てて首を振り、記事に目を移す。

——A市長は、実質的な対等統合として、統合協議を進めていくことを明言——

「この表現って、結局『C町の皆さん、併合統合ですけどできるだけ配慮するから我慢してね』ってことだよね。やっぱり、乗っ取りなんて大げさだよ」

聡美の反論にも、和人はいっかな動じる風もない。

「俺の言葉に信憑性《しんぴょうせい》がないなら、ここまで反対運動が広がりを見せると思うかい？」

話す間にも、「かてごりー」のTTは増殖を続け、「57」に移行した。憶測だけをエネルギーとした盛り上がり方ではなかった。

「だけど反対運動が起きているなんて、テレビも新聞も、まったく報道してないよ」

テレビの地方ニュースや新聞の地元欄では、統合が順調に進んでいるという情報が伝えられるのみだ。

「もちろんテレビや新聞も、市役所の統合推進派の息がかかっているからね。報道されるわけがないさ」

「報道って、公正中立なはずでしょう？　そんな偏った報道がされるわけないじゃない」

「聡美、出会った高校生の頃じゃないんだぜ。もうちょっと現実ってやつと向き合ってくれよ」

世間知らずなお嬢様に忠告するように人差し指を立て、聡美の前で揺らす。

「もっとも、一般人は誰もがそう思うだろうね。だからこそ反対運動はなかなか、ネットの外に広がって行かないんだ」

そんな風に和人が、自分は周囲とは違うという意識を振りかざすのは昔からだ。高校生の頃は同調していたものの、今は嫌悪感の方が勝る。

「そうだよね、しょせんネットの中で盛り上がってるだけだもんね」

よくネットの「炎上」と言われるが、馴染みの薄い聡美には、どうにもピンと来ない。パソコンや携帯の電源を切りさえすれば見えも聞こえもしない「炎上」なるものが、どうやって実社会に影響を及ぼすというのだろう。

テーブル越しに和人が身を乗り出し、聡美に顔を寄せてきた。十年前のあの日、楠の伐採の不当性を熱く語ったのと同じ真剣さで。

「いや、戦いはまだまだこれからだ。もはや誰にも止められない。これはもう、戦争なんだよ」

「戦争？」

市町村の統合というローカルな出来事の前では、言葉の不穏さはむしろ滑稽でしかない。

「真実を隠して統合を進めようとする市役所や市長・議員側と、真相を知る市民との戦争。そして、情報を捏造《ねつぞう》・隠蔽する報道側と、ネットで真実を拡散する市民との戦争だ」

聡美が知る戦争とは、銃弾が飛び交い、戦闘機や戦車が攻撃し合って兵士が傷を負う、物理的な攻撃の応酬だった。ネットの中でしか姿を現さない、痛みも伴わない戦争の姿は、うまく想像できない。それが市役所という具体的な形あるものにどれだけダメージを与え、統合を阻止できるというのだろう。

「なんだか、賛同できないなぁ……」

心の思いが、思わず口をつく。

「批判するなら、正々堂々と姿を現してやればいいのに。こうやって顔も見せずに攻撃するなんて、卑怯《ひきよう》じゃない？」

匿名という安全圏から相手を叩《たた》く行為に、シンパシーを抱けるはずもなかった。聡美の反論に、和人は少し黙り込んだ。何らかの過去を思い返す沈黙にも思えた。

「反対派には反対派の理由があるんだよ。表立って行動できないね」

懐疑的な聡美とは対照的に、和人は反対派に肩入れするようだ。

「まあどうせ、ネットの声なんてコップの中の嵐みたいなものだし、何の波風も立てられずに、統合は滞りなく進んで行くんでしょうね」

顔も見えないそんなあやふやな存在が、社会の仕組みを変えることなどできはしない。その思いに、聡美の言葉は少し辛辣《しんらつ》になった。

「そうは行かないかもしれないな」

和人の声は妙に自信に満ちていた。

「そんなネット上の声を拾い上げるようにして、このサイトが立ち上げられたんだ」

デバイスの画面が、個人サイトに切り替えられる。

「A市統合問題を考える会議室?」

「ああ、反対派は単に『会議室』って呼んでるよ」

「会議室」では、なぜC町との統合がA市にとって問題があるのかが整理して示され、専用の「ルーム」では、反対運動を拡大していくためにどんな方法があるかが、参加者によって熱心に議論されていた。

「かてごりー」のTTが罵詈雑言で埋め尽くされていたのに比べて、そこでの議論は建設的で、統合を阻止するために自分たちにできることを探るようであった。

「室長より」というページでは、このサイトの管理人である「室長」が、サイトを訪れた人々に向けてメッセージを発信していた。

──これは「戦争」だ！

思わず身構える。過激な「主義者」たちの、あたり構わずがなりたてる街宣車に出くわした気分だ。

──戦争とは、武力での対立のみを指すものではない。心理戦、街宣活動、ゲリラ戦術、スパイ活動……そして実際の戦闘活動。それらすべてが、我々にとっての「戦争」として位置付けられる。

我々が反対運動を展開するのは、統合の裏に隠された真実を暴き、A市に認めさせるためでもある。残念ながら、A市は未《いま》だ、我々の抗議を抗議として認めていない。A市が反対派の存在を認めない限り、我々の運動は何の成果も上げていないも同然だ。

だが希望もある。逆に考えれば、A市が認めない間は、どんな反対運動を展開しても問題ないということでもある。無視すればするほど、市のダメージは大きくなる。そして看過できなくなった頃には、すでに反対派の勢力は市内に蔓延《まんえん》し、手遅れとなっているだろう。

この戦争は、おそらく早晩、困難な道を迎えるはずだ。我々はA市を愛し、信じるが故《ゆえ》に、A市と戦わなければならないという矛盾を抱えているのだから。戦いの長期化と共に、矛盾は心を蝕《むしば》み、迷いも生じて来る。

だが、それを乗り越えれば、統合の背後に潜む「本当の敵」がきっと見えてくるに違いない。各自、心をしっかりと保つんだ。

戦争の相手はA市ではない、そしてC町でもない。

これは我々自身が、真実を選び取るための戦争なのだから。

各自、それぞれの「戦場」で、戦いを進めてほしい。

「『戦争』だ！」という煽《あお》りとは裏腹に、室長の言葉は過激さを抑え、サイトを訪れた人に語りかけるようであった。

「この室長って、いったいどういう人なの？」

「それはわからない。性別も年齢も謎の人物だよ。だが室長の存在が、統合反対派の『姿を見せない戦争』を活気づけ、同時に、単なる烏合《うごう》の衆ではない戦闘員へと反対派を育てているんだ」

和人の言葉が熱を帯びる。聡美は画面上の「真実」の上で視線をさまよわせていた。

聡美の今の生活を脅かす目下の問題。それはもしかすると、この反対運動が関係しているのではないだろうか。

「こんな運動が起こっているんじゃ、A市やC町の関係者も対応が大変でしょうね」

「何だよ、市民じゃなくって敵側を心配するのかよ。誰か知り合いでもいるのか？」

和人はむしろ、聡美の興味の方向に関心があるようだ。

「ううん、そういうわけじゃないけど……」

聡美の抱く不安の種を、和人に知られるわけにはいかなかった。

「ねえ和人、もしかして反対運動に身を投じるつもりなの？」

A市への単なる好奇心だけで、和人がこれだけのことを調べたとは思えなかった。

「反対派は、決して姿を現さずに、反対運動を繰り広げるんだ。もし俺が参加するとしても、言うはずがないだろう？」

煙に巻くようにとぼける和人に、抱いていた淡い期待がしぼんでゆく。すぐにでも安定した職に就き、地に足を着けた生活をしてくれるのならば、将来への希望も浮かぶというのに。

就職活動そっちのけで、反対運動などにかまけているようでは、「その先」を考えることもできない。勝手に期待していたのは聡美の方だが、裏切られた気分になってしまう。

「まあ、俺は失業中の身だからな。これから就職活動で忙しいんだ。反対運動は傍観しているだけさ」

和人は謎めいた微笑《ほほえ》みを浮かべるばかりで、真意は知れなかった。

## 2

和人はA市でアパートを借りて、独り暮らしをしながら再就職を目指す牛活を始めていた。

「ちゃんと食事してるの？　ご飯でも作りに行こうか」

「ああ、それは嬉《うれ》しいな、頼むよ」

携帯越しの声が、聡美の心を優しく揺らす。彼が首都に住んでいる頃も、近況を伝え合う電話はしていた。だけど、戻ってきた距離の分だけ、和人の声はどことなく「近い」気がする。久しぶりの再会で違和感を覚えた後だけに、その感覚は聡美を少しだけ安心させた。

通話を終えて、何気なく履歴を確かめる。かつてそこに並んでいた「非通知」の着信履歴は、二か月前で途絶えていた。

非通知なので、もちろん聡美からはかけられない。だが、番号がわかってもこちらからは連絡ができないという点では、何の変わりもなかった。

それが「彼」と聡美とのルールだった。

ルールは、二年という月日の中で自《おの》ずと定まった。

聡美は「彼」に、一切の要求をしない。ただ、「彼」の望むまま、この奇妙な生活を維持し続けてきた。

「彼」がそれを強《し》いたわけではない。だが振り返ってみれば、出会いの時から今まで、聡美は「彼」に、今の関係を維持するために都合のいい女へと育てられていたのだろう。

今さら変わらないのだ。聡美自身も、この生活も。どれだけ反対派がネットの中で吼《ほ》えようが、統合は何の滞りもなく進んでいくように。

そう考え、聡美は違和感で首を振った。

——私とは違う……

聡美は「彼」も自分も、信じてはいなかった。だからこそ、無自覚にA市を信じ、裏切られたと逆恨みする反対派に、醒《さ》めた視線を注いでしまうのかもしれない。

「さて、行こう」

気分を切り替え、姿見で服を整える。電気やガスの消し忘れがないかと、玄関で振り返った。

2LDKの部屋は、SOHO等の事務所利用を想定しているらしく、一室は玄関から靴のまま入れる事務所としての機能を持っていた。事務机とパソコン、応接用のソファと、事務所としての最低限の機能は備えられている。実際ここは、表向きは「事務所」なのだ。そして聡美は「事務員」という位置付けだ。

口座には毎月の「給与」が、遅れがちながらも振り込まれている。「彼」はこの関係を、まだ終わりとは見做《みな》していないのだろう。

信じてはいない。最初から、そんな関係ではない。

端的な言葉に二人の関係を置き換えることはできる。それをしてこなかったのは、聡美の最低限のプライドだった。そのプライドゆえ、連絡が途絶えてしまった理由も、尋ねることができない。

だが、和人の話を聞いて以来、その理由を探している自分がいた。

車で和人のアパートへと向かう。バイパス道路を使えば、A市の中心街までは二十分ほどだ。

駅前のシャッター商店街が嘘のように、バイパス沿いのチェーン店はどこも賑わっていた。車での移動があたりまえとなった今では、この風景こそが、聡美にとっての街の普段の顔だった。駅前と郊外、どちらが本当の姿なのか。きっとそれは、街の衰退を映す鏡を、表から見るか、裏から見るか、というだけの違いなのだろう。

バイパス沿いにある、専門店やスーパーが集まったショッピングモールに立ち寄る。

スーパーは「木曜野菜市」で食材が安いはずだ。混んだ駐車場で、店から離れた道路沿いにようやく空きを見つけ、車を止めた。

建物へと向かいかけ、何かに呼ばれた気がして振り返った。かつてそこには、十八本の楠の巨木が立っていた。和人が弁論で触れた、バイパス計画の犠牲となった木々だ。

結局、聡美が大学二年生の時に、楠はあっけなく切り倒された。楠が刻んだ三百年の年輪をあざ笑うように、たった一日で。反対していた多くの人々も、今では何事もなかったようにバイパスを利用し、休日の渋滞に文句を言っているのだろう。

切り倒され、骸《むくろ》をさらす楠を前にしたその時から、自分の中で何かが決定的に「変わった」気がした。

当時の市長は、「できれば切り倒したくはない」と言った。商業施設の責任者も、「できれば切り倒したくはない」と言った。そしてもちろん市民も……。「切り倒したい」と言った者は一人もいなかった。

それでも、楠は伐採された。

人々の思いが集まって、全体の意思が決定されると思っていた。個々人が変わっていけば、世界は少しずつ、より良いものになると。弁論大会でも、聡美は確かにそう主張した。

だが時に現実は、個々の思いとは無関係に、容赦なく進んでしまう。その事実が、聡美を否応《いやおう》なく「大人」にした。

自分の力の小ささに落胆したのではない。個人が何を思おうが、それとはまったく無関係に、圧倒的な「見えざるものの力」によって物事は進んでゆくのだという虚《むな》しさであり、諦めであった。

再会した和人に覚えた違和感は、大地にしっかりと根を張る巨木があっけなく倒された姿を、聡美は見届け、和人は見なかったことから生じたものなのかもしれない。

聡美は和人に半ば引きずられるように、伐採を阻止する市民運動に参加した。高校生ながら、臆することなく市役所に抗議する和人を、頼もしく思ったものだ。

いよいよバイパス工事が始まると、受験直前にもかかわらず、和人と共に、駅前のデッキで市民団体と共に保存を訴える署名活動に奔走した。一人一人の署名の重みが、楠を守るのだと信じて。

和人は結局、切り倒される「挫折」を味わうこともなく、首都の大学へと進学した。この地に住み続けた聡美にとっては、心を揺さぶられた大きな事件でも、首都でさまざまな刺激を受けていた彼にとっては、地方の一小都市の出来事に過ぎないのかもしれない。

甲高いクラクションが、聡美を現実に引き戻した。

軽自動車に乗った金髪と茶髪のカップルが、ＵＦＯキャッチャーのぬいぐるみでいっぱいの車内から、通路にたたずむ聡美をうさん臭そうににらんでいた。

◇

ストパーの店内に入った途端、「木曜野菜市」のノボリと並ぶ、見慣れないノボリが聡美の目を引いた。

——祝・行政単位統合！　C町フェア——

協賛には、「A市・C町」の名がある。統合を控えて、C町の特産品をA市に紹介するべく、役所とタイアップして行われているようだ。お中元やお歳暮の時期に特設会場となるエスカレーター脇のスペースに、C町の農産物や加工品、老舗《しにせ》菓子店のものらしい饅頭《まんじゅう》や菓子が並んでいる。

人々は並べられた商品を眺め、手に取っていた。買物かごを提《さ》げた奥さま方は、品質や値段にしか興味がないようで、C町の品だからといって拒否反応を示す様子もない。

——やっぱり、戦争なんか、起こるはずがないんだ……

和人の言う「戦争」なるものが、誇大妄想に過ぎないことを確信した。平和に買い物をする人々と、「かてごりー」で激しくC町を罵倒するネット住民とは、同じA市民としてイコールでは結び付かない。極論に踊らされたごく少数の人々が、執拗《しつよう》に書き込みをしているだけなのだろう。

かごを手にしかけて、荷物が増える前にトイレを済ませておこうと思い直す。個室に入ると、傍らの荷物置きに誰かが置き忘れたらしいチラシが目に留まった。

——C町との統合、おかしいと思いませんか？

トイレに置かれたものを不潔と思うことさえ忘れて、チラシを手にしていた。「かてごりー」の過激な罵《のの》り合いを見たあとだけに怖気《おじけ》づいてしまうが、文面に引き込まれずにはいられなかった。

——ご存じの通り、A市では今、C町との統合に向けて話が進んでいます。A市の周辺にはC町以外にも、D市、E町、F町があります。鉄道でつながり、学区も同じD市。国道を車で走ればすぐのE町。ダムを擁し、A市の水源としてもお世話になっているF町……。どの市や町も、このA市とは過去の歴史、行政、経済の面で強いつながりがあります。

ですがC町はどうでしょうか？　我々は今まで、C町とはほとんど縁のない生活を送っていたはずです。なぜかC町との統合ありきで進んだ今回の話、どこかおかしいと思いませんか？

文章の下には、A市と周辺地域とのつながりが、矢印の太さで図示されていた。A市とC町を結ぶ矢印は、折れそうなほど細い。

――私たちは、今回のA市とC町の統合に、単なる「行政効率化」以外の「隠された側面」があるのでは、と考えています。

この統合に少しでも疑問を感じた方は、統合について考える「会議室」をネットで検索してみてください。そして、私たちの主張に賛同してくださる方は、ぜひ、反対運動への参加をお願いします。

姿を見せず、組織化されず、それでもこの運動を続けているあなたの「仲間」が、このA市には大勢いるのです。

どうぞ、統合の「真実」に目を向けてください。

選挙の際に出回る怪しげな中傷ビラの類いと思われないように配慮したのだろう。激烈な煽り文句はなく、人々に語りかけるような平易な文章で、カラーをふんだんに使って作られていた。

さりげなく他の個室も覗《のぞ》いてみる。思った通り、どの個室にも、同じチラシが読みやすいように「置き忘れ」てあった。

売り場に戻った聡美は、かごを手にするのも忘れて、行き交う人々に視線を走らせた。冷凍食品を吟味している主婦。暇つぶしに来ているらしきジャージ姿の若者たち。二階の書店に立ち寄った制服姿の学生……。「反対運動」なるものとは相容《あいい》れない、人の主義主張が限りなく希薄化された、地方都市の平和な日常だ。

だが、この一見無関心に覆われた場所で、姿を見せずに、静かな「戦争」を挑み続けている人物がいるのだ。それが誰かがわからないからこそ、そこはかとない恐怖が襲って来る。すぐ横で野菜を品定めしている主婦が、携えたエコバッグの中に大量のチラシを用意し、「置き忘れ」る場所を探しているかもしれないのだ。

買い物を済ませて袋に食材を詰めながら、聡美はぼんやりと、壁に掲示された「お客様の声」を見ていた。

こうした投書や、テレビに苦情の電話をするという行為を、今一つ理解できずにいた。気に入らなければ、他のスーパーやテレビ局はいくらでもあるのだ。なぜわざわざ自らの意見を表明してまで、相手側に改善を迫るのだろうか。

——不買します！

予想外の言葉が躍る一枚の投書に、袋詰めの手が止まる。

——いつも利用しておりますが、一つ残念なことがあります。それは、今月から始まった「C町フェア」の件です。来たるべきC町との統合の気運を盛り上げようとの配慮でしょうが、この市には、統合に疑問を持つ市民が多数存在しています。

市民すべてが賛成しているとも取られかねない貴店の行動には、疑問を感じざるを得ません。このままC町フェアが続くようであれば、他のスーパーを使わざるを得ない状況となっております。

このスーパーを愛しているからこそ、C町フェアを取りやめていただけるよう、強く望むものです。

なにとぞ、御配慮ください。

貴店を愛する、一主婦より——

動揺して泳いだ視線が、他の投書に行きあたった。

──C町フェアってのやってたから、果物一つ買ってみたけど、ぜんっぜんおいしくなかった。あんなのやるくらいなら、他の産地の果物を売ってほしいんだけど。とにかく、C町のものなんて、いっさい買う気ないんで！

八枚分の掲示スペースのうち実に六枚が、内容は違えど、C町フェアに異を唱え、不買を宣言するものだった。筆跡も違うので、複数の利用者が記入しているのは間違いなかった。

◇

「ごめんね、遅くなっちゃって。すぐに準備するから」

和人のアパートに着いた時には、約束の時間を過ぎていた。エプロンを着けて腕まくりをし、すぐに準備に取り掛かる。独り暮らしで栄養が偏っているだろう和人に、野菜たっぷりのポトフを作ってあげるつもりだ。

「いや、作ってもらうんだから文句は言わないよ。渋滞でもしてたのかい？」

和人はソファに体を預け、リラックスした様子で、ブックカバーをかけた就職に関する参考書らしきものを読んでいる。

「ううん、スーパーで、ちょっとね……」

キャベツを切りながら、スーパーで遭遇した反対派の活動について話した。

「ああ、それか。うちのポストにも入っていたよ」

テーブルには確かに、三つ折りにされたチラシが置かれていた。聡美が見たのとは違う内容だ。

「どうやら反対派も、順調に動きだしているみたいだな」

和人は驚く様子もなく、むしろ予想していたかのように満足げだ。

「それはすべて、『会議室』の中で議論され、実行に移された、反対派の運動方針に則《のっと》ったゲリラ活動だよ」

「ゲリラ活動？」

不穏な台詞《せりふ》に思わず振り返る。すぐ後ろに和人が立っていて、心臓が止まりそうになる。いつの間にか忍び寄られていた気分だ。

「戦力的に弱く、組織力もない反対派は、まずはゲリラ戦によって戦線を拡大することを当面の運動の主眼としているんだ」

時間短縮のために持ち込んだ圧力鍋を火にかけ、ベーコン、ウインナー、そして野菜を入れてゆく。背後の和人は、調理を見守るようでもあり、手際を監視するようでもある。自分以外の「誰か」のために料理を作る姿を見透かされるようで、サラダを作る包丁さばきが乱れそうだ。

「すぐにできるから、和人は座っててよ」

和人は肩をすくめて、ソファに戻った。

「だけど、どうして相手が市役所じゃなくって、スーパーなの？」

「もちろん本来の敵は、統合を推進する市役所だ。だが、市役所を直接叩いても、相手は公務員で、給与に影響するわけでも、業績が悪化するわけでもない。だからこそ、C町との統合推進に手を貸しているスーパーが狙い撃ちされたんだよ」

和人は作戦参謀よろしく、反対派の動きを総括した。

「そういうことか……」

和人の言う「戦争」の姿が、おぼろげながら見えて来た。今後、スーパーを訪れる何十人、何百人が「お客様の声」を記入し、実際に「不買」を行うならば、大きな損害になるだろう。

圧力鍋が、何かを急かすような不穏な音を立てはじめた。

「金銭的な被害だけじゃない。クレーマーの存在や、顧客第一主義ってやつのせいで、『お客様の声』ってのは建前上、大切な顧客の意見って扱いだ。どんな難くせだろうが、スーパー側は黙殺することもできず、何らかの回答をしなきゃならない。統合に対しての公的な見解を出さざるを得ないんだ」

確かにスーパー側からの回答には、「ご意見を真摯《しんし》に受け止め、売り場のありかたについて再考いたします」と記されていた。

「それに『お客様の声』として掲示されることによって、統合に反対の声が上がっていることを知らない層にも、この事実を伝えることができる。ネットでの炎上から、どれだけ現実の炎上へと広げて行けるかが、勢力拡大の鍵となるんだ。高齢者なんかの情報弱者に情報を拡散するためには、チラシの『置き忘れ』や、『お客様の声』は、大事な第一歩なんだよ」

サラダを作り、フランスパンを切り分けるうちに、ポトフは出来上がった。勉強机と兼用らしい小さなダイニングテーブルに、料理を並べる。

「だけど、スーパーにとっては、とんだとばっちりだね」

和人は、「まあ、確かにね」と苦笑しながらも、同情は示さない。

「これは紛れもない戦争なんだ。容赦ないゲリラ攻撃が、最も効果的な場所にピンポイントで向けられるのは当然だろう？」

「そりゃあ、そうだけど」

それが戦争の定石なのかもしれないが、聡美にすれば、スーパーは銃撃戦の巻き添えで負傷した民間人でしかない。

「戦争とは、互いの正義をぶつけ合うものだよ。どちらが正しいかという中立的な判断は無意味だ。それぞれが、互いの信じる正義を貫き通し、突き進む。それが戦争なんだ」

和人は少し興奮した面持ちで「いただきます」も言わずに食べだし、たちまちポトフの皿を空にしてしまった。子どもの旺盛な食欲を見守るようで微笑ましくもあり、作り上げたものが蹂躙《じゅうりん》されるような理不尽さも覚える。

「戦争の正義か……」

聡美は、おかわりをよそってあげながら、「正義」という形のないものの姿を想像した。

◇

「じゃあ聡美、お願いね。納税課の窓口に提出すればいいから」

「うん、わかった」

滅多に帰らない実家に顔を出すと、すぐに母親から「おつかい」を言いつけられた。もっとも、顔を合わせれば何かしら小言を言われるのはわかっているので、むしろその方がありがたかった。

家を出ようとして、母親がまだ会話を終わらせまいとしていることに気付いた。

「なに？」

「あんたも、そろそろ独り暮らしをやめて、こっちに戻ってきたらどうなんだい？」

一年前には飲み込まれていただろう言葉が、遠慮がちながら口にされるようになっていた。

「ご近所からパラサイトシングルって思われるのは恥ずかしいよ。それに、こっちからじゃ通勤もめんどくさいし」

「車で二十分なんだから、家から通えばいいじゃないの。何の仕事してるんだか知らないけど……」

聡美が二年前に「転職」して以来、勤め先を伝えていないことも、母親の大きな攻撃材料となっている。

「いいでしょ。お母さんには迷惑かけないよ」

迷惑うんぬんの話でないことはわかっているが、今は物わかりの悪い娘のふりをして、話を強引に切り上げる。

「じゃあせめて、この写真だけでも見ておいてよ。せっかく紹介してもらったんだからさ」

あらかじめ玄関に用意してあった大判の封筒を押し付けてくる。見なくとも、中身の予想はついた。

「お見合いなんか興味ないって言ってるでしょ？」

ありがちすぎる展開に、ため息しか出ない。

「町役場の人なのよ。三十八歳だから、少し年は離れてるけど、条件はすごくいいと思うわよ」

「町役場の、三十八歳？」

地方では結婚相手として垂涎《すいぜん》の的である公務員男性がその年まで独身ということから、相手の「質」は推して知るべしだ。

「先方からぜひにってお声がかかったんだから、一回でいいから会っておいでよ」

「町役場の三十八歳の独身男性って、そんな外れくじ引く気ないよ」

二十七歳独身女性という自分の「商品価値」は棚に上げて、封筒から取り出された写真と釣り書きを押しのける。

「何言ってるの、町役場って言ったって、A市と統合しちゃえば市役所職員なんだよ」

成長株でも売りつけるような母親の言葉に、聡美は思わず振り向いた。

「町役場って、もしかしてC町なの？」

納税課への提出書類は、簡単にチェックされただけで、すぐに用事は済んでしまった。

市役所は、用が済んだらなるべく早く退散したい場所の一つだろう。昔ほどではないが、「お役所」というイメージの堅苦しさが空気の中にも漂っているようで、息が詰まって来る。早く外に出て、横の広場で大きな伸びでもしたかった。

急ぎ足の行く手は、黄色い帽子を被《かぶ》った集団に阻まれた。市内の小学校の社会科見学らしい。「小さな市民たち」は、引率の先生の張り上げる疲れた声によって調教され、ロビーの片隅にクラスごとに整列させられていた。

子どもという存在を、可愛《かわい》いとも鬱陶しいとも思わない。ただ、今の人生には無縁な存在だった。結婚へとうっすらとした焦燥を感じる自分の向かう先には彼らがいるはずだが、今のところ、それは結びついてはいない。

沸き上がるような子どもたちのざわめきに足を止めた。どうやら「着ぐるみ」が登場したようだ。

「やあみんな、ボクはA市とC町が一緒になるのを応援するおサルさんの、『合わサルちゃん』だよ。よろしくね！」

頭でっかちなサルは、大仰なしぐさで愛想良く振るまうが、「かわいい！」という歓声は上がらず、「何だコイツ」というニュアンスのざわめきが広がるばかりだ。

着ぐるみは一昔前のセンスで作られていて、現代っ子には受けそうもない。いかにも地方の役所が、選定会議を経て無難かつ「遊び心」を発揮して導き出した成果に思えた。

「C町との統合でわからないことがあったら、何でもボクに聞くか、統合推進室に相談してね！」

難しい話題に子どもたちはすっかり白けていた。合わサルちゃんは最後まで人気者を演じきり、大きく手を振って去って行った。

——何でも相談してね、か……。

その言葉を何度か心の中で繰り返し、聡美は庁舎を出ずに、エレベーターに向かった。フロア案内を探すうち、八階に「統合推進室」の文字を見つけた。高校生の頃、和人と共に楠伐採への抗議のために訪れたのは、戦前からあった古い庁舎だ。建て替えられた新庁舎にはなじみがない。

八階フロアは、企画調整部や財務部など、いかにも市役所の中枢をなしていそうな名称が並び、訪れる人間も一階とは明らかに異なっていた。場違いな場所に迷い込んだ気分で、天井から下げられたプレートを頼りに進む。

統合推進室は、事務机が六つ集められた「島」が二つある、中規模な組織だった。

「C町との統合のことでお伺いしたいのですが……」

カウンターでアルバイトらしき女の子に切り出すと、ややあって、薄まった頭髪を強引に右から左に寄せ付けた中年の男性職員が、にこやかな笑顔と共に現れた。

「統合も進んできて、お忙しいんじゃないんですか？」

「まあ、二つの自治体の仕組みを合わせなければならないわけですから、いろいろと苦労はありますがねえ」

苦笑しながら首を振る彼の「苦労」には、反対派への対処が含まれているようには見えなかった。

「それで、今日はどういった御用件でしょうか？」

「実は……」

望む情報をいかにして引き出そうかと、言葉を探した。

「統合の裏に、何か隠された陰謀があるって噂について、お尋ねしたいんですけれど」

「統合の裏の……陰謀？」

聞き違いでもしたと思ったのか、彼は怪訝そうに言葉をなぞる。

「ええ、ネットの噂で知ったんですけど……」

「ああ、そういうことですか」

笑顔は用済みとなり、市役所勤務で身につけたのであろう、物事の裏も表も知った上で表しか見ないことにしたような「無表情」が貼り付けられた。

「もちろん今まで別々の自治体だったものが統合するわけですから、色々制度も変わってきますしね。期待する声や不安視する声は、多少なりとも上がって来るでしょうがね」

ネットでの炎上を知らないのか、知らないふりをしているのか。感情のシャッターを下ろした無表情ぶりからはうかがえない。

「だけども本当に、C町がA市を乗っ取ろうとしてるんだったら……」

ネットに疎い女性が不安に駆られて訪れた風を装って言い募る。

「私には、そんなものは妄想にしか思えませんがね。それに、もし乗っ取ると言うのなら、A市がC町を、でしょう？」

算数の基礎ができない人間を前にしたかのように、男はうんざり顔だ。

「でも、うちのポストに入っていた反対派のチラシには、C町の悪だくみがたくさん書いてあって、それを読むと、どんどんC町の事が怖くなっちゃって……」

「何やらC町が寄生生物か何かのような言われようですね」

身内を汚されでもしたように彼は憤慨し、鼻の穴を膨らませる。

「とにかく、根拠のない噂に振り回される必要はありませんよ。統合は滞りなく進んでいますし、A市もC町も、より良くなるために一緒になるわけですから」

彼の口から建前以上の言質《げんち》を取ることは難しいようだ。聡美はため息をついて、壁の時計に目をやった。

長針が、わずかな左への傾きが耐えきれぬように直立し、午後二時を示した。それを合図とするように、統合推進室のあちこちで電話が一斉に鳴りだした。

慌てて職員が電話を受けるが、席についていた三人だけでは、とても手が足りない。聡美に応対していた男も、意識のほとんどを呼び出し音に持って行かれていた。

電話の向こうの声は聞こえないが、職員の受け答えでニュアンスは伝わる。苦情のようだ。

「ええ、それに関しましては……」

応対する女性職員は、覚束《おぼつか》ない様子で口ごもった。慌てて手元の書類をめくっている。受け答え用のマニュアルがあるのだろう。

「逆に言うならば、統合特例の時期を外れてでも、今、統合をすることに意義があるという判断を市がしているということです」

木で鼻をくくったような受け答えだ。何か反論されているらしく、女性は困ったように眉根を寄せ、受話器のコードを弄《もてあそ》んだ。

「ええ、ええ……。統合の成果については、実際に統合してみなければはっきりしない要素があるのは確かです。ですからご不安に思われる部分が多いのもわかりますが……」

型どおりの答えでは相手は納得しないようで、なおも受話器を置かせようとしない。その間にも呼び出し音は鳴り続け、重なり合う。子どもの頃に映画の中で聞いて恐怖心を植え付けられた、空襲警報のサイレンを思わせた。敵が大挙して襲来する合図のようだ。

聡美は確信した。これは反対派の仕掛けた、市役所への「戦争」なのだと。いよいよ反対派は、市役所を相手取って拳《こぶし》を振り上げたのではないか。受話器の向こうには、互いに顔も知らずに、同じ目的を持って「戦い」を遂行する、反対派の戦闘員たちがいる。

「もういいですかね、電話がかかっているんで、失礼しますよ」

男は強引に話を切り上げ、慌《あわただ》しく席に戻って受話器を取った。

鳴り続ける電話は、聡美にまで何らかの行動を迫るようだった。

◇

その夜、実家の本棚の片隅に、埃《ほこり》を被った冊子を見つけた。三十年前のA市の職員録だった。商売で市役所にも関わりのあった父親が購入していたものだろう。

埃を払って、中を覗いてみる。個人情報という概念すらない時代だ。すべての職員の住所や電話番号までもが記載されていた。

知り合いがいるわけでもなく、しかも自分が生まれる前の職員録だ。さして興味もなくめくっていた聡美は、新規採用職員の欄でおかしな点に気付いた。

——何で、こんなに？

新規採用の二十七人のうち実に十五人が、C町在住者だった。偶然にしては多すぎる。

「この頃の市長って……」

市長の名前を探して、最初のページを開く。予想通りそこには「弓田《ゆみた》」の名があった。五十代で当選した「やり手市長」という話を、父親から聞いたことがある。聡美が中高生の頃はすでに、「おじいちゃん」と言ってもいい好々爺《こうこうや》のような別の市長だったので、弓田氏の顔は知らなかったが、名前だけは印象に残っていた。

念のため、市長の住所を確認してみる。住所はA市内だ。C町からの採用が多いのは、単なる偶然なのだろうか？

◇

車を車検に出したので、戻ってくるまでの間、久しぶりにA市の駅前繁華街を歩いてみる。日曜日のアーケード商店街は、どこか昔よりも広く感じた。以前は店先まで商品のワゴンをはみ出させていた店が軒並みシャッターを閉ざしていることと、休日とは思えないほど人通りがまばらなせいだろう。

小さな段差につまずく。タイル舗装のひび割れに足を取られたのだ。昔のままの模様に、高校生の頃の記憶がよみがえる。

和人と共に参加した楠伐採反対のデモ行進で、このアーケードを練り歩いた。気恥ずかしさもあって、俯《うつむ》いて足元ばかり見ていた聡美の前で、和人は迷いを寄せ付けず、胸を張って歩いていた。あの時、聡美は確かにその背に惹《ひ》かれ、人生を共に歩んでゆく未来を思い描いたはずだったのに――。タイルのかけらをつま先で小さく蹴る。予想以上に遠くまで転がって、聡美は顔を上げた。

一人の男性がまっすぐに近づいてくる。自らの「真実」を押し通す強引さを形にしたような歩みは、閑散とした人通りも、舗装のひび割れも問題にせず、デモ行進の時の姿そのままだ。

「和人……、何してるの？」

「就職活動の帰りだよ」

どこかで面接でも受けてきたのだろうか？　それにしては普段着のパーカー姿だ。

「聡美、せっかくだからちょっとお散歩でもしないか？」

「お散歩？」

和人らしからぬ言葉に戸惑うが、それでも少し嬉しくなって、肩を並べて歩く。アーケードを抜け、かつてデパートであった廃ビルの角から大通りの街路樹の木陰を歩き、桜の名所である公園沿いを通って市役所へ――ちょうど楠伐採反対デモのコースを、逆回りに辿《たど》るルートだった。

市役所横の広場で、どちらからともなくベンチに座った。

「デモか……」

和人の呟きに、同じ記憶をなぞっているらしいことがわかった。

「ここから、歩き始めたんだよね。『楠を守れ！』ってプラカードを持って」

懐かしさを共有しようとしたが、和人の反応は芳しくなかった。

「え……？　ああ、そうか。そうだな……」

何か、まったく違うことでも考えていたようだ。

あの日、伐採反対派が占拠した広場には、今は誰もおらず、飼い主の見当たらない犬が、広さを持て余すように座り込んでいる。

「そういえば、実家でね……」

職員名簿での「発見」を、和人に話してみる。

「面白い事に気付いたな」

既知の情報だったらしく、和人は皮肉そうに唇を歪《ゆが》めた。

「C町民の職員としてのA市潜入は、三次にわたって繰り返されているんだ」

スパイ映画のような仰々しさだが、和人は至って大真面目に、三本の指を立てる。

「まず第一次が、三十四年前から三十年前の、弓田市長の時代だ。この時代に、C町出身者が、A市に大量に送り込まれた」

「でも、弓田市長の住所はA市になってるよ。どうしてC町に肩入れするの？」

「その職員録ではA市在住だけど、実家はC町で、彼自身も三十代半ばまでC町で過ごしている。だからこそ彼は、C町出身者を多く採用したんだよ」

「やっぱり、偶然じゃなかったんだね」

「今ではその当時入ったC町出身者が部課長級職員になって、A市の中枢を動かしているんだ」

「そんなに前から、A市を乗っ取る布石を打っていたってこと？」

「ああ、反対派の中では、それが定説になっているよ」

本当だとしたら、遠大すぎる話だ。

「そして第二次は五年前……つまりA市とC町の統合の話が持ち上がった時期から、再びC町からの採用が増えている。まあこれは、どうせ今後同じ市になるんだからと、ほとんど問題視されていないけれどね」

不用心で空き巣に入られた家を前にしたように、和人は呆《あき》れ顔《がお》だ。

「そして第三次は、ちょっと特殊な形なんだ」

「特殊って？」

「職員交流制度って知ってるかい？」

「確か、違う市町村や行政組織同士で、職員を交換し合う制度だよね」

職員に幅広い経験を積ませるために、そうした制度があることを、知識としては知っていた。

「四年前から、A市とC町は職員交流を開始したんだ。主に三十代から四十代の中堅職員が、C町からA市に派遣されて働いている」

話の核心に近づいたというように、和人が顔を寄せる。

「つまり今のA市役所には、第一次流入で部課長級、第二次で若手職員、そして第三次で中堅職員が、C町から潜入しているってことなんだよ」

「……それじゃ全世代に満遍なくC町のスパイがいるってことじゃない」

和人は鞄《かばん》から携帯型のデバイスを取り出した。PDFの形で保存してあった資料を開いて見せる。

「これって、A市の職員録？」

「ああ、最新版だよ」

住所も電話番号も記されていない、ただ所属部署がわかるだけの簡素なものだ。

「反対派が調べた範囲で、C町との関連が疑われる職員だよ」

C町ゆかりの職員が、第一次、第二次、第三次と、それぞれ違う色で塗り分けられていた。

「色の多い部署を見てごらん」

和人はパズルの謎解きでも急かすように、デバイスを押し付けてくる。

「財務部、企画調整部、建設部総務……。なるほどね」

市役所の組織に疎い聡美にも、それが中枢部署ばかりだということはわかる。

「統合推進室は、こんなに？」

十二人のうち八人が着色され、カラフルな塗り絵でも見るようだ。

「ああ、個人情報保護って名目を隠《かく》れ蓑《みの》にして、いいようにC町に蹂躙されているってわけさ」

昨日、聡美に応対した職員にも色が塗られていた。「乗っ取り」と聞いて気分を害したのも、さもありなんというわけだ。

「『会議室』では、それを乗っ取りの重大な根拠として、統合反対を主張しているんだ」

資料から顔を上げると、いつのまにか二十人ほどの子どもたちが集まっている。今時の子どもには珍しく、広場で外遊びを始めようとしていた。

「……でも、それが三十年以上前からのC町側の計画だ、なんていう確証はどこにもないわけよね？」

「その通りだ。だけど、証拠がないからといって、単なる偶然で済ませてしまえば、取り返しのつかないことになってしまうよ」

動き始めた巨大な流れを塞《せ》き止めるように、和人は言葉に強い意志を込める。

「もしその推測が間違っていたら、誰が責任を取るの？」

「責任？　そんなものは誰も取らないよ」

反対派の無責任を体現するごとく、和人はうそぶいた。

「もともと市役所側が姑息《こそく》な手段で秘密裏に進めて来たんだ。どんなに卑怯と言われようが、反対派は相手の弱い部分を集中的に叩いて、橋頭堡《きょうとうほ》を築くのみだよ」

立ち上がった和人は、自らが街を守る盾となるように、市庁舎と対峙《たいじ》した。

子どもたちが目の前を駆け抜けた。二組に分かれ、一方が逃げ、もう一方が追いかけている。遊んでいるのだろうが、子どもらしい歓声は聞こえて来ず、終始無言のままだ。

「この運動は、一つ間違えば狂信的とも、被害妄想とも取られかねない。だからこそ反対派は姿を見せず、見えない戦争を仕掛け続けるんだ。本当に正しかったと理解されるのは、ずっと先のことだろうね」

自信に満ちた言葉は、意図せずに聡美の心を波立たせた。倒れた楠をただ見ていることしかできなかった自分を思い出す。

逃げ惑っていた子どもが一転、今度は相手を追いかけはじめる。何の前触れもなく攻守が入れ替わった。遊びのはずなのに、誰かに「やらされている」ように、そこに無邪気さはなかった。

「ふぅん、あの子はなかなか上手《うま》いな……」

腕組みをした和人は、子どもたちの一人に目を留め、そう評価した。聡美には、「遊び」のルールも、どこが面白いのかも、どちらが勝っているのかもわからなかった。

「これから、反対運動はどうなっていくと思う？」

振り向いた和人の視線は、何かを詮索するように聡美を捉えて離さない。

「な……何、どうしたの？」

戸惑いの意味すら、読み取られている気がする。

「聡美がこの運動に、どんな興味を持っているのかが気になってね」

和人の社会人として過ごした日々や、会社を辞めた理由を聡美が知らないように、和人もまた、今の聡美の事を知らないのだ。

「だって、今はB市に住んでるけど、元はA市民なんだよ。気にならない方がおかしいでしょ？」

はぐらかした答えを、和人はどう受け止めたのだろう。おざなりに頷《うなず》くと、いずれ訪れる「戦い」を思い描くように、広場をぐるりと見渡した。

「まだまだ、反対運動は盛り上がるよ。統合の真実が暴かれるにつれて、少しずつ、ネットの中から現実世界へと、その炎は拡大していくんだ」

その呟きは、審判の日の訪れを告げる預言者のようにも思えた。

# 3

「聡美ぃ、久しぶりぃ！」

「おおっ！　行き遅れの登場だ」

「行き遅れはひどいなぁ。これでも婚活頑張ってるんだから」

久しぶりの、高校の同級生たちとの飲み会だった。A市の繁華街にある創作居酒屋に、八人が集まった。気の置けない友人たちからは、オブラートに包まない言葉が飛んでくる。軽口を向けた当人もまた「行き遅れ」だけに、怒る気にもなれない。

「ええっと、ウーロン茶とぉ、ウーロン茶とぉ、ノンアルコールビール三つとぉ、コーラ二つとぉ、ジンジャーエール！」

車を使わなければ集まれない地方都市の飲み会らしく、オーダーはソフトドリンクばかりだ。アルコールなしでも盛り上がる術《すべ》は、誰もが学んでいる。

「どうだよ、調子は？」

「駄～目、こんな時代に、営業成績なんて上がるわけないだろ」

「今年はボーナスも期待できないだろうな」

「あるだけましでしょ？　あたしなんか給料自体が下がってるんだから」

「こんなことなら、公務員にでもなっときゃ良かったなあ」

「今さら無理だから、誰か公務員がお嫁にもらってくれないかなあ」

「俺も俺も！　どこかの公務員がお婿にもらってくれないかなあ」

街の勢いのなさを嘆きつつ、離れる気もない。どこの地方都市の居酒屋チェーンでも聞こえてくるだろう会話が続く。

子どもの頃は、「人口三十万人の、地方の中核都市」という社会科の授業で刷り込まれた「市勢」を誇りとしてきたが、大人になって視野が広がると、この街の現実もわかってきた。現状を嘆きつつも、何も変えられない自分たちの「現実」も。

和人に聞かされて初めて、反対派の存在を知った。姿を見せずに市役所を攻撃する彼らに抱いた不信感は、今も拭い去れない。だけど、不満ばかりで何も変える気のない友人たちよりは、まだA市にとって有益な存在なのかもしれない。

友人を貶《おとし》める想像に、聡美は慌てて頭を振って、その考えを追いやった。

「ほら聡美、辛気臭い顔してないで、飲みな、ウーロン茶！」

隣に座った美樹が、無理やりグラスを握らせる。地場の銀行に勤める彼女は、暇に飽かせて合コン三昧《ざんまい》だ。A市の統合など、興味の片隅にもないだろう。

――ううん、違う……。

反対運動は、特定の組織や集団の行動ではない。不特定の「誰か」が加担し、姿をいっさい現さずに実行されているのだ。だとしたら、一見統合になど興味がなさそうな友人たちの中にも、反対派はいるのかもしれない。

「聡美はどうなの、仕事の方は？」

美樹が向けた興味の矛先は、ちょうど話題が途切れたタイミングだったこともあり、全員の関心の的となった。

「うん……、まあ、前と変わらずだよ」

「聡美って、前はB市の事務所に勤めてたよな。今もそのまま？」

「うん、そうだよ」

「そう言えば、会社の名前って聞いたことなかった気がするー！」

詮索好きな友人たちは、聡美の私生活を丸裸にすることを、飲み会の「ツマミ」にすると決めたようだ。

「ん、まあ、小さな会社だよ……」

おざなりな答えでお茶を濁す。飲み会にあるまじきノリの悪さに、友人たちは少し白けた風だった。

「なんか聡美ってさ、秘密主義者だよな」

「そ、そうかな……」

「秘密」の自覚を遠ざけるべく、とぼけた声を出す。手にしたウーロン茶のグラスでは、顔を隠すこともままならない。

「だいたい聡美がこの年まで独身でいるとは思わなかったよな」

「そうよねえ。高校の頃だって、聡美を狙ってた男も一人や二人じゃなかったよ。それなのに聡美ってば見向きもしなかったでしょ？」

追及の手は、緩みそうもなかった。

「ねえ、ところでさぁ、どうしてA市は、C町と統合するの？」

詮索の集中砲火を逸《そ》らすために、咄嗟《とっさ》に思いついた話題だった。

正面に座っていた清美が、よく聞こえなかったというように、目を瞬《しばたた》かせた。

「え～っと、聡美、それってどういう意味？」

いつもおちゃらけている清美が、変に真面目に問い返してくる。

「だって、C町って産業も観光地も何もないでしょう？　A市にとってメリットもなさそうだし、みんながどう思ってるのか聞いてみたくってさ」

その場の空気が変わった。謝罪会見の主役になったように、友人たちから集まる視線が痛い。

「聡美、しばらくA市を離れてるうちに、ずいぶん冷たい女になっちゃったのね」

「え……？」

グラスを取り落としそうになる。美樹の方を見て助け舟を期待するが、彼女も一言言わずにはいられないとばかりに身を乗り出す。

「何もないってどういうことよ。C町にだって、一生懸命生きてる人がいるし、大切にされてる文化だってあるのよ。それを、そんな風に言っていいと思ってるわけ？」

「美樹までいったいどうしたの、C町に知り合いでもいるの？」

自分が何らかの「禁忌」に触れてしまったことはわかる。だがそれが異国の風習であるかのように、常識の延長での対応ができない。

「そんなこと関係ないでしょ。C町は、これからA市が統合させてもらう、大事な相手先なんだから」

「させてもらう」というへりくだった表現に違和感を覚えながらも、なんとかこの話を、飲み会での気楽な軽口に戻したかった。

「な、なんだか、婚活疲れで神経過敏になってる行き遅れ、みたいな話になってるよ」

「行き遅れ」代表らしくうまく茶化したつもりだったが、その言葉は決定的な溝を生んでしまったようだ。

「聡美。C町のことを知りもしないで、そんな軽はずみなことを言うもんじゃないぞ」

聡美はあっけにとられた。そう言う関口自身が、隣のD市の悪口をまくし立てていたばかりなのだ。決して悪口を言ってはいけない聖域を守るように、友人たちが立ちはだかる。

「統合のメリットって考え方自体がおかしいよ。聡美は親友の俺たちと付き合うのにも、メリット、デメリットを考えてるのか？」

C町は、何があっても手を差し伸べるべき無二の親友だとでも言わんばかりだ。

久々に呼ばれて、主役と言ってもいい飲み会だったにもかかわらず、それ以後聡美は、まるで蚊帳《かや》の外に置かれてしまった。二次会でカラオケに行くという同級生の輪から離れ、車を止めた百円パーキングに歩き出すが、誰も呼び止めようともしない。

C町の話題への反応は、明らかに異常だった。かつての同級生たちが突然違う言語で話し始めたような衝撃が、聡美を打ちのめした。統合反対派は、姿が見えない分だけ遠い存在だった。だが、理解不能な反応を示した同級生たちは、これまで近くに感じていた分だけ、余計に遠ざかってしまった。

パーキングから車を出したものの、すぐに部屋に戻る気にはなれなかった。

――突然行っても、大丈夫かな？

そんな不安に駆られたのは、すでに和人のアパート下の駐車場に着いた時だった。部屋には明かりがついている。

チャイムを押すと、しばらくして和人が慌てた様子で顔を見せた。

「聡美か。随分急に来たね」

「ごめんなさい、ちょっといろいろあって。タイミング悪かったかな？」

肩越しに部屋を覗くと、テーブルには参考書らしき本が山積みになっていた。就職関連の勉強でもしていたのだろうか。

「車で来たんだろう？　夜のドライブでもしないか」

詮索を避けるように彼は靴を履き、聡美を外へと連れ出した。


和人がハンドルを握り、聡美は助手席に座った。高校生の頃に流行った曲をかけると、和人はリラックスした様子で、軽くハミングしている。狭い空間で隣り合って座っていると、少し甘えた気分になる。

「今夜は昔の同級生と会ってたんだよな。何か嫌な事でもあったのか？」

「うん、何だか変な雲行きになっちゃって……」

飲み会での一件を語る口調は、自ずと愚痴めいたものになった。

「悲しい落書き事件のせいだな」

和人は間髪を容れずに断言した。聡美がいつかこういう事態に遭遇することを見越していたように。ただ話を聞いてもらってすっきりしたかっただけなので、その反応には聡美の方が驚いてしまった。

「悲しい落書き事件って、五年くらい前の、C町民排斥の落書きのこと？」

五年前、C町やC町民への悪意に満ちた中傷を書きなぐった落書きが、A市内の至る所に出現した。

きっかけは、地区の小学生サッカー大会だった。A市とC町のチームが決勝まで勝ち上がった。その決勝戦で、素人目にも微妙な判定でA市が逆転負けしたことから、騒動が持ち上がった。審判がC町に買収されていたのではないかと、疑いがかけられたのだ。その騒動も冷めやらぬ頃、C町やC町民を中傷する落書きが出現しはじめた。

何かを思いついたのか、和人は急に進路変更した。A市の中心街へと向かっているようだ。

「聡美は、あの落書きは見たのか?」

「ううん、あの頃はあんまりA市には戻ってなかったからね。新聞記事の写真で見たくらいかな」

モノクロ写真の殴り書きの文字が、C町への敵意をむき出しにするようで印象に残っていた。

私鉄の高架線に沿った一方通行の狭い道を、和人はゆっくりと車を走らせた。高架を支えるむき出しのコンクリートには、ストリートアートと言い張るにはいささか稚拙で猥雑《わいざつ》な文字や絵が、スプレーで殴り書きされていた。今はそこに「悲しい落書き」の痕跡も見当たらない。

「あの事件に、A市がどう対応したか知ってるかい？」

「詳しくは知らない。いつの間にか報道されなくなったって印象だったけど」

一過性のいたずらの類いで、落書きも、市民の悪感情も自然消滅したものと思っていた。

「もちろん、市はすぐに対策に乗り出した。まずは対症療法として、落書きを片っ端から消していった」

「うまくいったの？」

車が照らし出すスポットライトの中に、主義主張の希薄な落書きが、現れては消えて行った。

「まるで消されたことに反発するように、落書きが増殖していったんだ。ひどい場合には、五分前に消した場所に新たに落書きが発見される始末だったそうだよ」

「増殖か……」

落書き自身が意志を持って、自らの勢力を拡大しているかのようだが、そこには確実に「誰か」が介在しているのだ。

忙《せわ》しないウインカーの音が、再び何処《どこ》かへ導かれようとしていることを告げていた。自分の車なのに、和人が運転すると、その音はどこかよそよそしかった。

「それじゃあ、A市はどんな風に、事件を解決したの？」

当時は就職したばかりで州都に住んでいた聡美は、事件がどんな風に収束したのかを把握していなかった。

「対症療法では事態が収束しないと見た市側は、市民に対して、C町に関する市民教育を開始したんだ」

「市民教育？」

「落書きで書かれたようなC町の実態や悪口には、何の根拠も無いってことを、市民講習で徹底的に叩き込んだのさ。当時の事を調べてみたけど、あれはまさに全市的取り組みだったな。子どもたちは学校で、大人は会社ごとに市役所から専門の講師がやって来て、高齢者は老人会の集まりで……。あの頃のA市民で、そうした講習を一度も受けたことが無い奴《やつ》ってのは、ほとんどいないんじゃないかな」

当時はA市にいなかったのに、ネットの情報だけで見て来たかのように語る和人に、聡美は少し鼻白んだ。

「それで、悲しい落書き事件が、統合とどう関係があるっていうの？」

「直接の関係はない。でも、A市民を統合について思考停止に陥らせるための、大きな布石だったんだよ」

十分ほど走って、和人が車を止めたのは、A市郊外の競輪場の跡地だった。かつては競輪開催日ごとに渋滞が起きるほどの盛況ぶりだったが、収益悪化で廃止された今は、使い道もない広大な駐車場が広がるばかりだ。

「少し、歩こうか」

返事も聞かず、和人は先に歩き出した。月明かりで、競輪場横の小高い丘がシルエットとなって浮かぶ。

「悲しい落書き事件ってのは、本当に存在したと思うかい？」

「それは紛れもない事実だよ。私は当時何度も、あの落書きについての報道を見たもの」

和人の足取りは、確かな目的を持って聡美を導く。

「それはわかっているよ。落書きは確実に存在した。でも、C町への悪感情自体は、存在したかどうかはわからない」

「それって、矛盾してない？」

聡美は和人の背中に疑問を投げかけた。

「つまり落書き自体が、C町民排斥を意図して書かれたものじゃなかったとしたらどうだい？」

「だって、サッカーの試合でC町への反感が強まったのは確かなんだし」

道は上り坂となった。自転車専用道として整備されているようだが、どう考えても自転車では登れなさそうな急傾斜で、息が上がる。

「サッカーが原因だってのは、後付けの理由だよ。第一、いくら判定が微妙だったからって、たかが小学生のサッカーの試合ぐらいで、そこまでC町への悪意が燃え上がると思うかい？」

単純な計算問題の間違いをあげつらうように、和人の言葉は辛辣だ。

「犯人は誰にも姿を見られていない。市民がC町に悪感情を持っていると見せかけるために、わざと書かれたものだとしたら？」

「そんな風に、ひねくれて考えることもないんじゃないかな？」

アナログ人間の聡美も、ネットの中で陰謀論が渦巻いていることは聞きかじっていた。和人も反対派も、怪しい情報に振り回されすぎて、物事を冷静に見ることができなくなっているのではないだろうか。

「誰が発したかわからないメッセージは、そのままに受け止めちゃ駄目だ。誰が、どんな意図で、どんな反応を呼び起こそうとして書いたかって背景をきちんと見極めなきゃな」

聡美の疑念を一蹴するように、和人は断言した。木々が頭上に枝葉を重ね、月明かりを隠す。

「たとえば今、ネット上ではステルスマーケティングってのが問題になっている」

「ステルスマーケティング？」

「つまり、宣伝と思われない形での宣伝活動だよ」

和人の姿は闇の中に隠れ、自然に声と足音だけで導かれる。

「どういうことなの？」

「たとえばみんなで飲み会をしようって時に、知らない店を予約する場合、何を頼りにする？」

「うーん……。今日の飲み会は、グルメサイトの口コミで評判のいい店だから決めたって幹事が言ってたけど」

「ネットの口コミサイトでは、一般人が店の評価をするだろう？　例えばそこに、レストランのオーナー自身が客のフリをして『あの店はおいしかった』なんて書き込む行為を、ステルスマーケティングって言うんだよ」

「宣伝と思わせない形で、宣伝を紛れ込ませてるってことか」

ネット上の口コミは、個人の率直な感想が聞けるのが利点だったはずだ。そこに隠れた形で宣伝を持ち込まれたら、何を信用すればいいのかわからなくなる。

「ステルスでのネット工作は、単なる宣伝だけじゃなく、企業がライバル企業を出し抜くためなんかに、さまざまな形で行われている。そうした工作専門の会社まであるんだよ。つまり、ある方向性を持った誘導は、必ずその背後で何が目論《もくろ》まれているかを読まなきゃならない。でないとミスリードされてしまう」

口調が熱を帯びる。和人もかつての職場で、そうしたネット工作を行っていたのかもしれない。

梢《こずえ》の合間から月光が差し込み、振り返った和人の顔は、光と陰に二分された。

「それを応用して、悲しい落書き事件を考えてみよう。あの事件があったことで、最終的にA市がどんな体制になったか。いや……」

和人は、自らの表現が生ぬるいとばかりに首を振った。

「あの事件によって、A市をどんな体制に塗り替えることができたか、だな」

「どうなったの？」

和人の指が二本立てられる。ピースマークとは似ても似つかない。

「成果は二つあった。一つは、意図的にC町への悪感情を出現させることによって、C町に対するA市民の意識をコントロール可能にしたこと。もう一つは、コンサルティング会社のA市への業務介入だ」

再び和人は歩き出す。その先は森が深く、暗闇の中、どこに向かっているのかわからなくなる。

「和人……、何だか、怖いよ」

聡美は思わず、和人に寄り添った。和人は聡美の手を握り、有無を言わせず歩き続ける。

――いつも、そうなんだ……

和人の強引さに反発を覚えながらも、どこかでそれを受け入れてしまう自分がいる。

「悲しい落書き事件によってA市民は、C町との統合について判断停止に陥らされたんだ。つまり、一種の洗脳だよ」

確かに、A市に住む同級生たちの、聡美の意見を聞き入れようとしない頑《かたく》なさは、宗教的な洗脳に近いものがあった。

「A市はC町への偏見解消のために、コンサルティング会社に業務を委託した。市民啓発活動のスキルを持つコンサルが、徹底した講習を実施したんだ。それ以後、落書きはぱったりと止まった」

同時に、A市民の中には、C町については一切批判をしてはならないのだという意識が醸成されてしまったのだという。

「架空の事件によって、A市を混乱に陥らせる。その収束のために、コンサルティング会社を送り込む。そしてコンサルティング会社の手腕によって、事態は劇的に改善する……。シナリオとしては、でき過ぎているだろう?」

でき過ぎていて、信憑性が感じられない。人の社会とは、そんなに理路整然と進むものではない。さまざまな要因が複合的に重なり合って、結果としてそうなるものだ。それを後から恣意的に一本の線で結んで、あたかも最初から仕組まれていたように語るのは、中学生の妄想のようにしか思えなかった。

森を抜け、視界が開けた。遺棄された公園のようだ。レンガ造りの青空舞台や、かつてブランコだったらしき遊具の支柱だけが残されている。

「架空の事件だからこそ、収束させるのは簡単だった。しかも、円満解決の実績を買われて、コンサルティング会社の社長が、A市の副市長に抜擢《ばってき》されたんだよ」

和人が導いた先は、展望台らしき建物だった。落ち葉の堆積した急な螺旋《らせん》階段を上る。

「ここに、何かあるの？」

周囲は木々が生い茂り、「展望」は望めない。

「見えてはいけないものが、見えるはずだよ」

見えないのではない、見ていないのだと言うように、和人は背後の壁を見上げた。

――卑怯者C町民はA市に入ってくるな！

消えかけの文字が残っていた。かつての「悲しい落書き」の痕跡だろう。時計と逆回りの螺旋階段が、時を巻き戻したようだ。殴り書きではなく、端正な文字で記されている。怒りも侮蔑も感じない。「事務的な落書き」というものがあるとすれば、まさにそれだった。

「副市長の名前は、弓田孝造《こうぞう》」

和人は闇の中から、その名前を取り出した。

「弓田……って、もしかして？」

「気が付いたかい？　あの弓田市長の息子だよ」

三十年前、和人に言わせれば、市役所にC町の人間を「潜入」させる先駆となった市長だ。

「副市長は市長によって選任される。選挙で選ばれたわけでもないのに、市長の次に強権を発動できる立場。しかも、市長にもしものことがあったら、職務代行者として市のすべてを掌握できる権限を持っているんだ」

和人の推論が真実だとしたら、最高の立場をC町側は手に入れたことになる。

「今の新規採用職員にC町出身者が多いのも、おそらく弓田副市長の意向が反映されているんだろう。五年前の事件への配慮と、副市長の肝煎《きもい》りと、二つの側面があるのさ」

螺旋階段を急に上ったせいか、ふいにめまいがした。バランスを失った聡美はよろめき、気付けば和人の腕の中に収まっていた。

「悲しい落書き事件の効果は、もう一つある」

聡美を抱きとめた和人は、まるで意識していないように話し続ける。そのくせ腕の力は強く、聡美を離そうとはしない。

「それは、反対運動がネットの中から現実へ飛び火することを押しとどめる防火壁としての役割だ。悲しい落書き事件の洗脳によって、反対運動は姿を現さずに行うしか手立てがなくなった。逆に言えば、運動が地下化せざるを得ない状況を、あらかじめA市が構築していたってことだ」

「……どういうことなの？」

聡美は平静を装った。それでも動悸《どうき》だけは隠せない。

「奴らの目的は『レッテル貼り』だ。A市民がC町に悪感情を持っていようがいまいが、とにかくC町について悪く言う奴はみんな差別主義者だ、レイシストだってレッテルを貼りつけちまうんだ。統合反対派の口をつぐませるには効果絶大だろう？」

「そうか、反対運動をしたら即、差別主義者ってレッテル貼りされてしまうんじゃ、誰も表立って活動しようとは思わなくなるよね」

同級生たちの過剰反応を思い返す。あの場で「反対派」を表明したら、それこそ石をもって追われただろう。

「反対派のほとんどは、C町がどうこうというより、純粋にA市の将来を憂いて統合に反対していたんだ。それなのに、どんなに建設的な意見を言ってもレイシストの一言で片づけられたら、ネガティブにならざるを得ないよな。その結果、最初は捏造だったはずのC町への悪感情が反対派内ですっかり蔓延して、さらにレッテル貼りを盤石《ばんじやく》にしちまったんだ」

和人の腕に力がこもる。

三十年前から粛々と計画され、今、結実しようとしている、C町によるA市の「乗っ取り」。それは今も聡美には、反対派の言い掛かりにしか思えない。だが、もし事実であるとしたら、もはや個人が足掻《あが》いてもどうしようもない段階まで進んでいる気がした。

「それじゃあ、今さら反対運動なんかやっても、何も変えられないってことね」

堅牢《けんろう》な城壁に向かって小石を投げる姿を思い浮かべ、少し残酷な気分で呟く。

突然、腕の力をゆるめた和人は、聡美を置き去りにするように螺旋階段を下りはじめる。抱擁の甘い余韻は一瞬で消え去った。

「そんなことはないさ」

和人の言葉は、むしろ自分に言い聞かせるようだった。

「これから、運動の方向が変わって来るよ。もっと広範な人々を巻き込む形でね」

離れていた十年間、和人はそんな風に、越えられない壁に挑み続け、乗り越えてきたのだろうか。

◇

「ごめんね、聡美。よろしくね」

「いいえ、私もちょうど州都に用があったから」

「アキラ、車の中で騒がしくするんじゃないよ！」

「わかってるよ！」

聡美の車の助手席に乗り込んだアキラ君は、大人びた仕草でシートベルトを締めている。

大学時代のバイト先の先輩、ユミの長男のアキラ君は、州都の塾に通っていた。今日はたまたま彼女を訪ねていて、聡美がアキラ君を送って行くことになった。

「最近急にシフトが変則的になっちゃってね。今から行かなきゃならないの。まあ、こっちは派遣の身だから、従うしかないんだけど」

雇われの身の悲哀を演じるように、ユミがけだるく首を振る。彼女はコールセンターのオペレーターとして勤務していた。

「何か突発的な業務が入ったんですか？」

「二時から一時間だけ、集中して増員してくれって指示が出たのよね。なんだかお役所関連の仕事らしいけど。私は直接関わってるわけじゃなくって、そっちに人が取られる他の部門に穴埋めで入るの」

興味のなさそうな口ぶりだ。派遣という立場ゆえか、大きな責任もなく、目的意識もあまりない。ただ、目の前に来た仕事を、決められた手順に沿って無難にこなすだけなのだろう。

優秀だった先輩や友人が、派遣やパートの仕事に甘んじて、ただ「生活の糧《かて》」を得るためだけに仕事をする姿は、かつての輝きに埃が積もってしまったようで、いたたまれない気持ちになる。だがそれが地方の現実であり、若者の現実だった。

「じゃあ、行ってきます」

聡美は手を振って、車を発進させた。

「聡美お姉さん。よろしくお願いします」

アキラ君は、先輩の教育の賜物《たまもの》らしい礼儀正しさで頭を下げた。

「前に会ったのは、四年生の時だったね。だから、二年ぶりか……」

自らの変わらなさが、目の前の子どもの二年間の変貌ぶりと対比され、意味もなく焦りを感じる。高速道路を走らせながら、アキラ君に学校での話や、今の子がどんな事に興味を持っているのかを尋ねてみる。

「ねえアキラ君、学校で、悲しい落書き事件って習った事ある？」

和人の話が正しければ、アキラ君も五年前、講習を受けているはずだ。

「うん、あるよ」

「どんな風に教わったの？」

「う～んとね、A市に悪い人がいて、隣のC町の人をいじめる落書きをしたんだ。僕たち一人一人が、そのことをC町の人に謝っていかなくちゃならないって」

習った事が自らの血肉となったように、アキラ君はよどみない。その即答ぶりに、うっすらとした寒気を覚えた。

「だけど、アキラ君やお友達が、その落書きをしたわけじゃないんでしょう？」

「もちろんしてないよ。でも、悪口を書いたのはA市の人だからね」

アキラ君は、A市民すべての連帯責任であるかのように、自らも責任の一端を担おうとしていた。

「でも、A市の人が書いたんじゃないのかもしれないよ？」

それとなく、捏造の可能性をほのめかしてみる。聡美の横顔に、アキラ君の強い視線が突き刺さった。

「そんな風に、言い訳を探して罪を認めないのが、一番悪いことだって先生が言ってた」

子どもらしい潔癖さが、聡美の言葉をはね除《の》ける。

「うん、そうだね。ごめんね……」

純真な正義感を褒めるべきなのだろう。だが聡美には自虐的としか受け取れなかった。

これがA市による「教育の賜物」なのだろうか？

アキラ君を送り届け、聡美は久しぶりに、州都の繁華街を歩いた。デパートやファッションビルが立ち並び、地下街まである街は、特に欲しいものがなくとも、歩いているだけで楽しかった。

地方都市が軒並み人口減に転じる中、州都は地方都市の雄として気を吐いている。自分の足音すらも響いてしまうA市のシャッター商店街に、賑わいを一割でも分けてあげたいほどだ。かつては州都と肩を並べる商都として栄えたA市だが、今は見る影もない。私鉄の特急で三十分の距離ながら、その差は距離以上に開いていた。

あの楠が切り倒され、バイパス道路がすっかり完成した頃、聡美は州都で就職活動を始めた。個性を殺すリクルートスーツを着て、自らの個性を最大限にアピールするという矛盾を無理やり身に馴染ませて。オフィスビルの窓の光の反射を見上げながら、聡美はいつもそこに、楠の姿を見ていた。

もちろん、楠の存亡など、ささいなことでしかない。だけど、そんな「ささいなこと」が、自分も同じようにちっぽけな存在でしかない事を嫌というほど思い知らせたのも確かだ。

高校生の頃、和人と互いの将来について話したことがある。夢を語るのではなく、自らの能力と、あるべき将来の姿を冷静に分析し、どんな仕事に就くべきかを助言し合った。

「俺はやっぱり、地道に社会貢献を続けている企業に入りたいな」

和人は言葉どおり、途上国への学校建設などにも積極的な大手食品メーカーに就職を果たした。互いの就職先を電話で報告し合った時、言葉にはしないまでも、彼が聡美に落胆しているのは手に取るようにわかった。

首都に移り住んだ和人は、楠の最期を見ていない。だからこそ理想を捨てることもなく、希望の仕事に就いたのだろう。自分だけが挫折を背負わされた気がして、聡美は一人憤ったものだ。

だが、それも遠い昔の話だ。今はその仕事も辞め、「彼」の命じるままに事務員を演じることだけが、聡美の仕事だった。

「所用」を済ませるべく、州都駅前プロムナードの中央にある噴水に向かった。Ａ４サイズの書類が入った封筒を小脇に抱えて。

表書きは何もなく、中身もわからない。

時折、「彼」からこうして、何らかの書類や物品を誰かに渡す仲介役を頼まれることがあった。

――「Ｔ・Ｐ」の社章をつけた男性……

聡美の不在時に、事務所に置かれていたメモには、受け渡しの日時と場所、そして相手の特徴だけが記されていた。

しばらくして、円形の噴水の少し離れた場所に、一人の男性がたたずんでいることに気付いた。目立たないことを信条としたダークスーツを着こなした、同年代の会社員に見える。

聡美はさりげなく前を通り過ぎ、胸の社章の「T・P」を確認した。それがどんな社名の略称なのか、何をする会社なのかは知らないし、興味もなかった。ただの事務員として命じられたことをするだけだ。

男は聡美の差し出した封筒を一瞥《いちべつ》した。表書きも何もない市販の封筒ではあったが、彼は確かに「確認」し、無言で頷いた。職業的に身に付けたのであろう、一切の興味を削《そ》ぎ落とした視線を聡美に一瞬だけ向けると、すぐに背を向けて歩き出した。

「業務完了」

小さく呟いて、聡美もまた都会の雑踏に紛れる。誰にも気付かれないやり取りに、少しだけスパイごっこめいたスリルを覚えながら。

◇

A市の図書館を訪れるのは高校生の時以来だ。

母親に頼まれたリクエスト本を受け取り、大学受験前に和人と共に使っていた学習室を覗いてみる。館内は大幅にレイアウト変更され、学習室は郷土史料室に様変わりしていた。思い出の上に違う記憶が「上書き保存」されたようで、聡美は小さく唇を噛んで、ありもしない学習室の痕跡を探してしまう。

郷土史の書棚に『A市史』を見つけた。中学生の頃から、その分厚い表紙は校内の図書館で見慣れていた。といっても、郷土の歴史などさほど興味もなかったので、進んで手にした覚えはない。地域の歴史や産業を調べる授業で、何度か繙《ひもと》いたことを覚えている程度だ。五巻あるうちの「歴史編」を手にして、空いている閲覧席に座った。当時習ったことをおぼろげに思い出しながら、市史をめくってみる。

市史には、C町の前身であるC村についての記述はほとんどなかった。もともとA市とC町は、かつての幕藩体制下でも違う藩に属しており、つながりは薄い。

——どうして、C町なんだろう？

反対派に与《くみ》する気はなかったが、改めてその疑問が浮かぶ。

「A市史は、新しく編纂《へんさん》される予定はないんですか？」

窓口の女性に尋ねると、彼女は覆いかぶさるようにして見ていた古文書から顔を上げ、神経質そうに眼鏡をかけ直した。

「もうすぐC町と統合しますから、統合後に出版される予定です」

回転椅子ごと体を反転させ、背後の棚から印刷物を一枚抜き取る。新A市史の発行案内だ。

「統合後ってことは、今のC町の歴史も、A市の歴史として編纂されるってことですよね」

「詳しい内容については、まだこちらに情報は入って来ていませんが、おそらくそうなると思います。A市のサイトで、新しい市史の内容見本が見られるようになっていますから、良かったらどうぞ」

彼女はインターネット閲覧用のパソコンを示した。聡美は礼を言って閲覧を開始した。ネットの新市史の情報と、古い市史の奥付とを照合する。前回の市史の編纂委員は、一人も入っていなかった。

まだ作成途中ではあるが、ダイジェスト版の文章が少しだけ掲載されていた。

――A市の歴史は、C町とのつながりを抜きに語ることはできない。

幕藩体制下においては隣り合う藩に分かれたが、地域としての結びつきは強かった。その歴史は根強く、住民同士は今も強固な連帯感によって結びついている――

思わずため息が漏れる。あからさまな嘘は書いていない。けれども、人々の「つながり」という抽象的で検証できないものを持ち出すことによって、印象は旧市史とは似ても似つかないものになっている。

　こうした市史を元にして、小学生が地元の歴史を学ぶ際の副読本は作成されるはずだ。彼らはいともたやすく、A市とC町が昔から密接なつながりがあったと刷り込まれてしまうだろう。

　つい先日の、アキラ君との会話を思い出す。純真で、それゆえ疑うことを知らぬ真っ白な子どもの心のカンバスに、色は容易《たやす》く塗りつけられる。

◇

　待ち合わせは、ホテルのラウンジに午後三時だった。

　ともすれば遅くなりがちな足は、普段はシューズボックスの奥に眠るヒールのあるパンプスを履いたせいだけではなかった。

　――どんな人なんだろう？

　憂鬱と億劫《おっくう》さとを、わずかな好奇心で打ち消し、待ち合わせ場所へと急ぐ。

　バッグの中で携帯が鳴る。急いで確認すると、和人からのメールの着信だった。

　――今日は何してる？　暇だったら会わないか？

　あの夜のことなど気にもかけていないようだ。わざと歩みを緩めずに返信する。

――今日は友達と約束してるの。また今度ね。

今日、男性と会うことは、和人には知らせていない。だが、和人の存在がなければ、おそらく会う気にはならなかっただろう。

ラウンジには、すでに相手の姿があった。慎《つつ》ましさを失わないぎりぎりの速度で、聡美は駆け寄った。

「すみません、遅れまして」

お辞儀をすると、男性は朗らかな笑顔で聡美を迎えた。

「いえいえ、こちらも今来たところですから」

笑顔を返しながらも、聡美は相手のチェックを怠らない。背は比較的高い方で、太っても痩《や》せてもいない。太い眉は芯の強さを物語り、口もとには仕事で鍛えられたのであろう忍耐強さがのぞく。前髪の下の瞳は穏やかだが、それがどんな変化をするのかまでは、今はつかめない。

第一印象は、可もなく不可もなかった。少なくとも、「三十八歳の独身男性公務員」というあまり良くないレッテルは、外してもよさそうだ。

食事には中途半端な時間だったので、そのままラウンジでお茶を飲みながら話をすることにした。

「それでは、改めて自己紹介します。石川孝義、三十八歳。C町の町役場勤務で、生涯学習課で仕事をしています」

　窓口業務で慣れていることを窺《うかが》わせる、相手に悪印象を与えないよう訓練された声だ。ハリがあると同時に抑制が利いている。

「聡美さんは、公務員にどんなイメージを持たれていますか？」

　取り繕った無難な回答を口にしてもよかったが、おそらくそんなものは求められていないだろうと思い返し、素直に答える。

「そうですね。やっぱり、世間で公務員は厳しい目で見られていますから……、一部の人ではあるんでしょうけれど、高給を取って、リストラの心配もなくのんびり仕事をしているってイメージですね。それに、なんだか野暮ったいっていうか……、腕カバーを着けて事務作業をしている姿が浮かんできます」

　石川さんは苦笑しながら顎に手をやり、まるで聡美の想像の中の「公務員」に、自分をなぞらえているかのようだ。

「さすがに腕カバーは着けていませんが、まあ、それが世間一般の印象ですよね」

　拭い難い汚名だとばかりに、腕をさする。

「ですからせめて今日は、聡美さんの野暮ったい公務員像を少しでも打破できれば……というのが、私の目標でしょうか」

　石川さんは穏やかな語り口で、聡美の先入観を崩しながら話題を提供してくれた。お見合いというよりも、しばらく会っていなかった友人のお兄さんとでも会話している気分になる。

和人との会話では、不意打ちのように小さな棘《とげ》を飲まされることがあり、常に緊張感が付きまとう。それとは無縁な穏やかさを、今は心地良く感じてしまう。

「C町は、A市と統合の準備をしているんですよね。違う市町村が一緒になるって、大変じゃないんですか?」

統合反対運動は、A市の「乗っ取り」を画策していると言われるC町側ではどのように受け止められているのだろう。それを当事者に訊《き》いてみたいというのが、お見合いを承諾した一番の理由だった。

「市町村の統合は、ある意味、男女の結婚と同じです。結婚式当日までは、ドタバタするものですよ。……もっとも私はまだ、自分の結婚式は経験していませんけれどね」

石川さんは、統合という無味乾燥な話題を、どう面白く提供しようかと気遣ってくれていた。

「私は生涯学習の部署にいますから、二つの自治体のシステムや、やり方を合わせる調整役の立場です。そこまで大きな負担ではないですね。統合推進室や財務部なんかは、休日返上で仕事していますけれど」

彼はむしろ、聡美の興味の行方《ゆくえ》を面白がるようだ。

「それにしても、いきなり統合の話が出るとは思いませんでした。どのあたりに興味がおありですか」

「A市に住んでいる友人に聞いたんですけど、統合への反対運動がネット上で盛り上がっているそうですね？」

「ああ、そう言えば、そうみたいですね……」

初めて思い至ったようで、かんばしい反応ではなかった。

「C町役場にも、いろんな影響が出ているんじゃないかと思って」

「特に支障はないと思いますよ。ネットの中でどれだけ騒がれようと、業務に実害はありませんしね。A市の職員にも知り合いがいますが、気にしている様子もありませんでした」

敵視すらしない口ぶりが、反対運動の影響力のなさを物語っている。姿を見せない戦闘員たちは、意図したほどの戦果を挙げてはいないようだ。

「A市役所に、統合に反対したせいで辞職に追い込まれた職員がいるって聞いたんですけど、本当だと思われます？」

数日前に和人から知らされていた。「会議室」に極秘情報として投下されて一気に盛り上がり、「かてごりー」の書き込みも普段の数倍に膨れ上がったという。

「それは、根拠の無い噂だと思いますよ」

石川さんは少し大げさなため息と共に首を振った。子どものいたずらに手を焼く父親のような余裕を感じる。

「確かに公務員には職務専念の義務がありますから、役所の方針として統合を推進すると決定された以上は、個人の主義主張にかかわらず、職務を遂行しなければなりませんが」

「だったら、統合に反対して辞めさせられたっていうのも、根拠のない話ではないんじゃないでしょうか」

役所ならではの隠蔽体質なのではと勘繰ってしまう。

「公務員の場合、よほどの犯罪でも起こさない限り、懲戒免職はありませんからね。せいぜい統合と関係ない部署に異動させられる程度でしょうか」

「それじゃあどうして、信憑性もないのに、真実みたいに盛り上がったんでしょう？」

石川さんは少し考え込み、手にしたティースプーンを揺らす。まっすぐなはずのスプーンが、曲がっているように錯覚させられる。

「善意と悪意のバランス、ではないでしょうか」

彼はどちらに与することもなく、冷静な判断を下した。

「悪意だけでは、運動はある一定以上には広がりません。今回の噂は、『辞めさせられた職員を助けろ！』という善意をも巻き込んだからこそ、一気に盛り上がったわけです。もしこれが意図的に仕組まれた『炎上』だとしたら、相手はなかなかの策士ですね」

むしろ、反対派のお手並み拝見とでもいった口ぶりだ。

「統合推進室の電話は、反対意見でパンクしているって聞いたんですけど……」

統合推進室を訪れた際、一斉に電話が鳴りだした。和人に言わせればそれは、反対派の電話突撃、「一斉電突《でんとつ》」なのだという。あんな妨害が頻繁に続けば、日常業務もままならないだろう。

「ああ、そういえば、町役場の推進室も、最初は大騒ぎだったようです」

「最初はって……、今も電話は続いているんですよね？」

「推進室はあれ以来、電話受付業務を外注化しましたから、職員の仕事にはまったく支障は出ていないと思いますよ」

「電話を受けているのは職員じゃないってことですか？」

「ええ、A市とC町の推進室で話し合ったようです。もちろん市民の意見は大切ですが、組織的な電話への対応というのは本来業務ではありませんからね。反対派が電話をかけて来る時間だけ、コールセンターに対応を委託したんです」

ユミ先輩が言っていた「お役所関連の仕事」とは、反対派の電突への対応だったのだろう。

「電話による抗議も、おそらく一時的なものに過ぎないでしょう」

　石川さんはむしろ、反対運動に同情するようだ。

「ネットを中心とした匿名での盛り上がりは、組織化されていない分、熱しやすく、冷めやすい。統一行動を取ろうと思っても、参加しない者に強制する手段がないわけですから。確かに一時的には業務の手を取られますが、それが恒常的に続くおそれはないでしょう」

「だけど、ネットの炎上で商品の売上げが下がったり、有名人が謝罪に追い込まれたりすることがありますよね。反対運動が拡大していったら、そうなる可能性もある気がするんですけれど」

「ネットでの発言は、匿名性ゆえに過激になりがちですが、それがどれだけ実社会に影響を及ぼし得るかは疑問ですね。書き込むことで鬱憤を晴らす人がほとんどでしょう。反対運動を継続していくには、矢継ぎ早に新たな燃料を投下し続けなければならない。反対運動はこれからが正念場でしょうね」

　反対運動すら、役所が調整しうる業務の一つでもあるかのように、彼は俯瞰《ふかん》して捉えていた。

「たとえば新たに道路を造る場合、一度に全部は造れませんから、一部分ずつ開通させていきます。つまり、中途半端な所で切れてしまった状況が何年も続くわけなんです」

石川さんは自らの手で道を切り開いていくように、身ぶり手ぶりを交えて話す。

「そうすると、変に利用しづらい道路ができて却《かえ》って渋滞したり、せっかく立ち退きに協力したのに、ちっとも渋滞はなくならないじゃないかって文句を言われて……。いや、その表現は職員としてまずいですね。え〜っと……」

彼は狼狽《ろうばい》を演じるように、周囲の客に憚《はばか》るような視線を巡らせ、首をすくめた。

「それでもやりがいはあります。まちづくりというものは常に、長期的な視野で行うものです。たとえ今は批判にさらされても、十年後、二十年後に評価されればそれでいい。そんな仕事ができたらいいなと思っています」

しっかりとした意志を持った言葉だった。

「それは、市町村の統合もまた、そうなんでしょうか？」

「もちろん、統合もそうです。今はまだ、市民の前に統合の真実は見えていないでしょう。だからこそ、私たちが導いて行かなければならないんです」

彼の言う「真実」は、和人と言葉は同じでも、中身はかけ離れているのだろう。

「聡美さんは、以前は州都の方で勤めていらっしゃったと伺ったんですが」

「ええ、大学卒業から三年間働いていました」

就職先は、この自治区の伝統産業の、生産者組合事務所だった。

「伝統産業に関わる仕事ですか。やりがいがありそうですね」

「まあ、そうですね……」

斜陽となり、自治体の補助を受けて細々と続いている工芸品だけに、目の色を変えて販路拡大や商品開発を迫られているわけでもなかった。ただ補助金を組合規定に従って配分し、惰性で実施されている春と夏のフェアの準備をし、年に一回の首都での物産展の調整をし、「若手」と呼ばれる四十代の「意見交換会」という名の飲み会の世話をする……。

やりがいはなかった。そんなものは初めから求めていなかった。やりたいことではなく、無難さだけを基準に選んだ就職先だった。

「少し思うところがあって……、三年間勤めて、一区切りつけたいと思ったんです」

「そうですか……」

聡美の三年目の決断を、彼はどのように受け止めたのだろう。

「それで今は、別の会社に勤めていらっしゃるんですね」

今の仕事を訊かれたら、「B市の小さな事務所」と答えるしかない。だからこそ聡美は、自分の経歴をつまびらかにしなければならないお見合いを避けてきた。嘘をつくのが苦痛なわけではない。嘘に慣れてしまった自分を再確認することにうんざりするだけだ。

――非通知設定――


震えだした携帯の表示を見て、聡美自身にもそうした機能があるかのように、心が震える。同時に、今の仕事を詮索されずにすむという計算も働いた。

「ごめんなさい。ちょっと、電話してきます」

「構いませんよ。ゆっくりどうぞ」

石川さんに断って席を離れ、トイレ近くの観葉植物の陰に身を置く。非通知なので相手はわからない。わからないことが、相手の特定につながるという矛盾した状況に慣らされて、もう二年が経つ。その表示が携帯に現れるのは、数か月ぶりだった。

心の震えを抑えて、通話ボタンを押した。聡美は声を発せず、相手もまた、会話に入らない。ほんの数秒の沈黙が、互いの心を読み合う小さな戦いであった。

「長く連絡できなくて済まない」

「いえ……」

他の返事はできない。怒ることも、詰問することも。

「もっとも、君は強い女性だ。そんなことでは、不平すら言ってもらえないということはわかっているけれどね」

石川さんとは全く異質な「穏やかな声」が、聡美にそう生きることを強い、計算高く誘導する。

「都合のいい女」から逃れるためには、「彼」と聡美の利害がたまたま一致した結果、この関係が続いているのだと自らに言い聞かせるしかなかった。弱さを見せないこと。それは果たして強さなのだろうか、弱さなのだろうか？　自分がこの関係を望んでいるのか、望んでいるように演じているだけなのか。聡美にはそれすらわからなくなっていた。

「ところで、今は電話をしても大丈夫だったかい？」

「はい、大丈夫です」

「それなら良かった。いいお天気の休日だ。誰か友人とでも会っているのじゃないかと思ってね」

聡美がお見合い中なのを「彼」が知るはずもないが、見透かされた気分になる。

「済まないが、今夜八時から事務所を使うから、空けておいてもらえないだろうか？」

聡美にとってはもちろん、自分の生活の場が主で、事務所機能は従でしかない。事務所という呼称は、聡美の存在そのものを蔑ろにするようだ。

「空けておく、ということは、私が事務所を離れておく、という解釈でよろしいでしょうか」

「彼」から受ける指示としては、初めての内容だった。

事務所の機能は、「彼」が本来の事務所では行わない「特別業務」のために用意されたものだ。これまでは、聡美は来客にお茶を出す程度で後は自室にいたが、特にそのことを咎《とが》められることもなかった。「彼」がそこで誰と会おうが、関心を持ったこともなかった。逆に言えば、そんな聡美だからこそ、「彼」は事務所を任せているのだろう。

「理解が早いのは、君の美点の一つだね」

満足げな言葉は、それ以上の詮索を許さない。

「わかりました」

たった六文字の事務的な台詞に、せめてもの感情を含ませてみる。「彼」は、敢えて気付かないふりをする。気付かないふりだということを充分に伝えながら。

——どうして、ずっと連絡してくれなかったんですか？

疑問は、決して口に出せないように調教されていた。調教したのは「彼」であり、聡美自身でもあった。

「それでは、よろしく頼むよ。今の仕事が一段落したら、また連絡するよ」

「はい。お待ちしております」

事務連絡に対する、事務員の事務的な返事を心掛けて応えると、通話は切れた。

◇

お見合いを中途半端な気分で終えて、部屋に戻る。

石川さんは、席に戻って来た聡美に何らかの変化を感じたのだろう。特に引き留めず、次に会う約束もしなかった。

時刻は午後六時、二時間後には、聡美はここにいてはいけないことになる。部屋の主のはずが、今は命ぜられるまま、自身の痕跡を消し去らなければならない。まるで、A市民なのに、その存在がA市から「無かったこと」にされてしまう統合反対派のようだった。

やるせないような怒りが湧き上がった。反対派と自分を同一視してしまった自己嫌悪であり、そんな思いを強いる「彼」への憎しみだった。

命じられた事は、事務員として完璧に遂行する。だが、「するな」と言われていないことは、聡美の裁量の範疇《はんちゅう》にある。

「それでは、事務員としての仕事を全うしましょうか」

独り言を言うのは、寂しさからではない。「彼が」聡美に事務員であることを強いることに対して、今から行うことも、「業務」のうちなのだと自分に言い聞かせるためだ。

「もしもの場合の用心に、私がいなくても安心なように『眼』を置いておきますね」

自室の鍵のかかった引き出しから、その「眼」を取り出す。以前、元彼からのストーカー被害に遭っていた友人から譲り受けたものだ。掌《てのひら》に入るサイズの「眼」は、小さな電池一つで二十四時間の録画が可能だった。

事務所を見渡し、隠せる場所を探す。ガラス製の花瓶があった。そこに仕込んで造花を入れてカムフラージュしよう。「彼」と来客が映る向きに、「眼」をセットする。自分の存在を消された事務所に、コントロールできる力を残すための、せめてもの抵抗だった。

## 4

カーテンを開けると、雲一つない空から強い光が差し込んだ。眉間《みけん》に皺《しわ》を寄せたのは、眩《まぶ》しさのせいだけではない。年齢と共に、晴天を手放しで喜べなくなっていた。ましてや今日は、一日屋外で過ごすのだ。両手や首回りを日焼け止めで念入りにガードしていると、美樹からメールが届いた。

――おはよう聡美、今日は準備があるから、九時には来ておいてね。よろしく！

「統合推進フェスティバル」なるものに高校の同級生たちが出店するというので、飲み会での軋轢《あつれき》を修復しようと、手伝いを買って出たのだ。

会場へと向かう途中、和人のアパートに立ち寄った。

「どうしたんだ、朝っぱらから」

まだ寝ているだろうと思っていたが、和人はすでに着替え、どこかへ出かけようとしていた。

「和人も一緒に行かない？」

就職活動に遠慮して今までそんな誘いはしてこなかったが、日曜日ならばそれほど邪魔にもならないだろう。友人たちの前に連れ出すことで、和人がどんな態度を見せるかにも興味があった。

「いや……、今日は少し用事があってね」

和人は手元の紙袋を隠すようにして、そそくさと行ってしまった。取り残された聡美は一人で、市役所横の会場に向かった。

「聡美ぃ、遅いよぉ！」

「ごめん！　寄り道してたら遅くなっちゃった」

同級生たちは、表面上は飲み会での一件を忘れてしまったように、聡美を迎えた。

「只今《ただいま》より、統合推進フェスティバルを開催いたします！」

時折テレビで見かける女性リポーターの甲高い声が、晴れた空に吸い込まれてゆく。

「開会に先立ちまして、A市副市長の弓田より、皆さまにご挨拶させていただきます」

友人たちは興味なさげに準備に勤《いそ》しんでいたが、聡美は手を止めて、ステージに見入った。統合を裏で操っていると、反対派から目《め》の敵《かたき》にされている人物だ。

「統合まで、あと一年となりました」

穏やかな語り口は、「乗っ取り屋」の印象とはかけ離れている。あからさまに策士めいた顔をしているわけでもない。

「統合には様々な壁があります。それを一つ一つ乗り越えていくことで、A市とC町の心は一つとなり、より結束が強まることでしょう。そう考えれば、統合の向かい風は、我々をより遠くの航海へと導く希望の風なのです。皆さん、今日はぜひ、フェスティバルを楽しんで行ってください。そしてC町のことをもっと良く知ってください。きっとC町のことが好きになるはずです」

決して力強い言葉ではない。だが、有形無形の力を背景に、すべてを駆逐して進む者ならではの、動を携えた静けさがあった。彼の語る「向かい風」には、反対運動のことなど毛ほども含まれていないのかもしれない。

会場を去る後ろ姿をそれとなく見送る。黒塗りの公用車の扉が開くのを見て、聡美は思わず数歩駆け寄った。車の中に「彼」が乗っていた気がした。

　確かめる暇もなく、車はすぐに走り去ってしまった。

「聡美、何ぼんやりしてるの。今日は夕方までにこれ全部売らなきゃ！　頑張るよ！」

　未練がましく車の姿を目で追う聡美の前に、来場者の人波が立《た》ち塞《ふさ》がる。ゆるキャラの「合わサルちゃん」が取材陣に愛嬌を振りまく和やかな雰囲気で、フェスティバルは幕を開けた。

「いかがですか？　C町特産のイチゴを使ったジャム。おいしいですよ！」

　今までC町の特産とも知らなかった、食べた事もないジャムを、「おいしい」と売りつけることに多少の後ろめたさを覚えながら、聡美は販売に精を出した。

　無心に接客をしながら、ふと疑問が浮かぶ。統合に関心ある人たちが集っている催しだ。反対派にとっては、運動を展開する絶好のチャンスのはずだ。それなのに見渡しても、反対派が会場に紛れている様子もないし、チラシの「置き忘れ」があるわけでもなかった。警備の腕章をつけた市役所の職員も、手持ち無沙汰な様子だ。

　もちろん、「悲しい落書き事件」の後遺症で表立って活動できないのはわかる。だが、報道陣もいるこの場で何らかの行動を起こせたなら効果は絶大だ。反対運動は、もう下火になってしまったのだろうか？

お昼が近づくと、黒い制服を着た男たちが目立つようになってきた。何かを警戒するように、警察官が会場周辺に十人ほど佇《たたず》み、警察車両も待機している。

人は大勢集まっていたが、その中に、周囲の舗道にたむろし、決してフェスティバルには近寄ろうとしない人々がいた。

若いカップル、ベビーカーを押す母親、学生、サラリーマンふうの男性。組織化された集団にしては、顔ぶれは多彩だった。そう考えて聡美は首を振った。「顔」を見ることはできないのだから。

彼らは皆、「合わサルちゃん」のお面を着けている。しかしそのお面は、目・耳・口がすべて、イラストの「手」によって塞がれていた。

「何だ、あいつら？」

友人や他のブースの参加者も、お面を着けた人々が増えるにつれ、その奇妙さに気付いたようだ。

「あんなお面、どこかで配ってたっけ？」

「あれ着けてきたら、何か割引とかあるんじゃないの？」

「だけどあいつら、舗道を歩くばっかりで、こっちには全然入ってこないんだけど……」

「何か気味悪い連中だな」

胸騒ぎを覚えた。サルを模したキャラだけに、お面は「見ざる・言わざる・聞かざる」を地で行くようだ。統合の真実を耳にすることもできず、裏にある欺瞞《ぎまん》は見えないように隠され、発言の機会すら封じられた、A市の人々を象徴しているということか。

お客が途切れたのを見計らって、和人に電話をかけてみる。

「ねえ和人、今大丈夫？」

「……ん、ああ、いいよ。どうしたんだ？」

心なしか、和人の声が少し聞き取りづらい。

「ちょっと訊きたいんだけど、市役所の周りにお面を着けた人たちが集まっているのって、もしかして……」

「……ああ、統合反対派だよ」

「やっぱり。彼らは何をしようとしてるの？」

「今日は、『お散歩デモ』の日なんだ」

高揚した声が、電話越しにも彼の興奮を伝える。

「『お散歩デモ』って……、それってデモなの？　お散歩なの？」

「どちらでもある、どちらでもない」

あいまいな言葉に、聡美の混迷は増すばかりだった。

「つまり、デモ申請をせずにデモをするための、苦肉の策だよ」

デモ行進を行う際の手続きについては、楠の伐採に反対する市民団体から学んだ。代表者が警察に日時や規模、デモの内容等の計画書を提出して、思想性や安全性等が審査されて、許可証を得るのだ。

「反対派にとっては、市民に反対派の存在や主張を知らしめるには、デモが一番効果的だ。だがそれには一つ、大きなネックがある」

「反対派が誰か知られちゃうってことね」

「そうだ。警察に申請する代表者は、顔や住所を知られることになる。今までまったく顔を出さずにやって来たからこそ、市役所側は反対派と接触できなかったわけだ。便宜的であれリーダーを作れば、そこから切り崩しが可能になって来る」

ようやく、「お散歩デモ」なるものの意図がつかめて来た。

「彼らはデモという形を取らずに、顔を隠し、お散歩と称して、市役所の周囲の舗道を闊歩《かっぽ》するんだ。プラカードも隊列を作っての行進もない。ただ、同じ意見を持った組織化されていない人間が、たまたま同じ時間帯に市役所前に集まってしまっただけ。そして、誰かが発した『統合反対！』って大きな声の独り言に、周囲にいる人々が呼応してしまっただけ。シュプレヒコールなんかじゃない。それが今回の、『お散歩デモ』なんだよ。デモって言うと警察に睨《にら》まれるから、反対派は『ゲリラお散歩』って呼んでるけどな」

聡美は、和人が言った事を現実にあてはめてみる。

「名前はどうあれ、結局はデモ行進なんでしょ。そんなの実行したら、首謀者は捕まっちゃうに決まってるじゃない」

周囲では警察官が目を光らせている。事前に察知され、警戒されているようだ。何か行動を起こせば、すぐに連行されてしまうだろう。きちんと申請したデモ以上に、首謀者が窮地に立たされることは間違いない。

「大丈夫。首謀者なんか、どこにもいやしないからね」

電話の向こうの企《たくら》んだ笑みが見える気がした。

「いないはずないでしょう。誰かが発案して広めたんだから」

そんな計画が、自然発生的に始まるわけもなかった。

「反対派も、そこは抜かりないよ。『ゲリラお散歩を決行します！』じゃなくって、『聞いた話だけど、ゲリラお散歩ってのがあるらしいぞ』って伝聞形式でしか、情報は流されていないんだ。首謀者が誰かは知らないが、責任を逃れるために、わからないまま騒いでるフリをしながら、時折、本当の情報を投下していったんだろうね」

自分が首謀した張本人であるかのように、確信が伴っていた。

「ネットでの運動は、組織化されていない個人の集まりだってことを充分に利用しなくちゃならない。それは市役所側にとってもピンチなんだ。組織ならいくらでも切り崩せるが、個人の集合として向かってこられたら、交渉する相手を特定できないからな」

以前の職場で聡美は、官公庁の馴れ合いや癒着という体質を見てきた。それは取りも直さず、そうした行為が効果的な相手だからだ。だがネット上の運動に対しては、懐柔しようにも脅そうにも、首謀者の顔も見えなければ、お金で左右される者もいない。

「そろそろ十二時か、お散歩開始の時間だな」

歩行者用信号の誘導メロディが、聡美の背後からと、耳に押し当てた携帯から、重なり合って聞こえる。

「和人、もしかして、あなたもここにいるの？」

フェスティバルの参加者やお面の人々の中に、姿を捜した。お面の集団に紛れているのならば、見つけようもない。

「しっかり見ておくといい。この運動がどんな末路を迎えるかを」

念押しするように言って、和人は一方的に電話を切ってしまった。

——末路？

反対派にとっては初めての、「姿を現して」の抗議行動なのだ。むしろ今日が、「始まり」のはずだった。

十二時と同時に、市役所近くの工場から、昼休みを告げるサイレンが轟《とどろ》く。お面の集団は、音によって目覚めたごとくに一斉に動き出した。フェスティバル会場の周りを、時計回りとは逆に歩きだす。統合に向けて否応なく進んでしまった時間を巻き戻そうとするかのようだ。

「あいつら、何やってんだ？」

「ねえ、これって何かのアトラクションなの？」

不穏な回転に取り囲まれ、フェスティバル参加者たちはざわめいた。やがてお面の集団が、方々で声を上げた。

「時を巻き戻そう！」

「統合表明前のＡ市へと！」

「立ち止まって考えてみよう！」

「この統合、何かおかしくないですか？」

決して声を合わせず、てんでに、Ｃ町との統合に対しての疑問を、「大きな独り言」として表明しだした。

警察官らは、検挙する機会をうかがうように、遠巻きに見守っている。少しでも「集団的な示威行動」を疑わせる動きがあれば、拘束するつもりに違いない。

それを見越してか、彼らは決して足並みをそろえようとはしない。それぞれ少しずつ歩行のスピードを違《たが》え、抜きつ抜かれつしながら歩き続けている。確かにこれはデモではない。隊列も組まず、プラカードもなく、シュプレヒコールも響かない。ネットの中と同じ、ゆるやかな個人の意思のみで集まった集合体だった。

「自分たちで考える力を持とう！」

「おかしいものをおかしいと言える社会を作ろう！」

直接的なA市やC町の糾弾ではなく、統合を再考することを促し、市民に疑問を持ってもらうことを主眼としているようだ。アピールとしては手ぬるいが、差別主義者のレッテル貼りをされないための作戦だろう。

遠くから、音楽が聞こえて来た。

音楽の形を借りた、人を威圧し、要求を押し通し、他者の意見を圧殺することを高らかに主張する「音による暴力」が、ゆっくりと近づく。虹の七色に鮮やかに塗られたワゴン車が、車上に据えたスピーカーから、行進曲を大音量で流しながら現れた。

――「主義者」だ！

「主義者」とは、「主義を持たぬ者」へ向けられる逆説的な表現だ。社会を混乱に陥れることによって何らかの利益を目論む、市民からは煙たがられている奇妙な思想団体だった。

フェスティバル会場の前で、彼らは車を止めた。車体の七色は、「すべての主義主張に輝きを！」という彼らの理念を表したものだ。

音楽が途切れ、マイクに切り替えるため、スピーカーが耳障りな音を立てる。

「我々はぁ、A市とぉ、C町とのぉ、行政単位統合をぉ、阻止するためにぃ、ここにぃ、やって来たぁ！」

主義者に特有の、スピーカーの残響で音声が聞き取れなくなることを防ぐための、故意に言葉を区切っての発声だ。人を効果的に威嚇《いかく》するだみ声が、市役所の壁に反射して降り注いだ。

「C町によるぅ、A市の乗っ取りはぁ、絶っ対にぃ、許さないぞおぉ！」

「C町のぉ、人間はぁ、A市からぁ、出ていけぇー！」

過激なC町糾弾の台詞ばかりが、大音量で垂れ流される。

——どういうこと……？

反対派は主義者とつながっているのだろうか。騒ぎを大きくするための共闘相手としてはもってこいかもしれないが、市民の理解は決定的に遠ざかってしまう。

反対派の顔色は、お面のせいでうかがえない。主義者たちもまた、車の窓に黒いフィルムを貼り、中を見通させない。

「なんだ、結局あいつらも主義者の一員ってわけか」

フェスティバル参加者たちは、ようやく謎解きができたとばかりに、お面の集団に蔑みの視線を向けた。

「差別意識丸出しで、よくもまあ、恥ずかしくないもんだな」

「恥ずかしいから、お面で顔を隠しているんだろう」

「ああ、なるほどね」

思った通り、反対派の思惑とは裏腹に、差別主義者のレッテル貼りがされてしまった。今さら反対派がどんなに声を張り上げようが、主義者のだみ声にかき消され、仮に聞こえたとしても、もはやその声は一片も心に響かない。「お散歩」の足は止まり、「大きな独り言」も途絶えた。

代わりに声を上げたのは、フェスティバル参加者たちだった。

「帰れ！」「帰れ！」

「差別、反対！」「差別、反対！」

主義者の車へだけでなく、お面の集団へも罵声がぶつけられる。完全に二つは同一視されていた。

お面の上からでも、彼らの動揺が見て取れる。組織化されず、リーダーもいない彼らは、今はそれが仇《あだ》となり、咄嗟の方針転換ができずにいる。ネットの中と同様、責任を負う者は誰もいなかった。

結局彼らは、散り散りになって姿を消してしまった。聡美の頭の中では、和人の「末路」という言葉だけがリフレインしていた。

主義者やお面の集団の一時の妨害はあったものの、フェスティバルはつつがなく幕を閉じた。

◇

「なぁにぃ、聡美、打ち上げやるのに来ないつもり?」

「せっかく売上げノルマ達成できたんだから、来いよ」

そそくさと帰ろうとする聡美を、同級生たちが引き留める。

「ごめんね、ちょっと、用事が入っちゃって」

聡美はおざなりに言って、急いで事務所に戻る。夕方六時の地方版のテレビニュースにぎりぎりで間に合った。

「それでは、今日の各地の様子を振り返ってみましょう。好天に恵まれ、野外イベントには沢山《たくさん》の人が訪れました。A市役所横の広場では、A市とC町の統合推進フェスティバルが開催され……」

聡美はテレビの前に座り、画面を凝視した。自分が映っていないか、などというミーハーな気持ちでではない。お面の集団や主義者たちがどう報じられるのかが気になっていた。

「会場では、C町の特産品であるイチゴを使ったオリジナルケーキなどが販売され……」

聡美のいた隣のブースで、女の子がケーキを頬張る姿がアップになっただけで、次の話題に移った。反対派の「は」の字も、ニュースは触れなかった。

フェスティバルの様子は、翌朝の新聞の地方欄でも報道された。楽しげに集う親子連れや、「合わサルちゃん」と写真を撮る子どもたちばかりで、お面の集団や主義者の介入は、影も形もなかった。

聡美は初めて、報道の「捏造」を思い知らされた。

確かに嘘は報じられていない。だが、真実の一部分だけを切り取ることによって不都合な真実が隠されるとしたら、それはまさに形を変えた捏造だ。いや、嘘を報じるよりも、いっそたちが悪いだろう。

めったに開かないパソコンを立ち上げ、「かてごりー」のA市統合に関するTTを覗いてみる。久しぶりのTTは、すでに「136」まで進んでいた。

そこでの議論は、以前とはまったく別の様相を呈していた。

——476　行政単位統合反対闘争無名戦士
主義者を使って反対派に差別主義者のレッテル貼り

をしたのは、明らかに市役所側だ
とうとう市役所も馬脚を露《あらわ》したな

——477　行政単位統合反対闘争無名戦士
おいおい、自分たちのお仲間をそんな風に悪く言う
もんじゃないぞ、差別主義者君

——478　行政単位統合反対闘争無名戦士
そうそう、もう正体はわかっちゃったんだから、今
さら取り繕わなくってもいいよ、レイシスト！

——479　行政単位統合反対闘争無名戦士
ほら、白状しちゃいなよ。統合に問題あり！　なん
てカッコつけてるけど、ホントはC町の人間と一緒
になりたくないってだけなんだろ？

——480　行政単位統合反対闘争無名戦士

おーい、どうした反対派？　ちっとも書き込みがないぞー！（嘲笑）

反対派が何かを主張しようとすると、すぐさま差別主義者のレッテルが貼られ、完全に統合推進派に掌握されてしまっていた。

うつろな気分のまま、「かてごりー」を眺め続けた。反対派を糾弾し、あざける書き込みは増殖を続ける。ＴＴから追いやられる反対派が、すごすご敗走するお面の集団とだぶって見えた。

反対派の後ろ姿が、自分の姿と重なり合う。

楠が切り倒された日、なすすべもなく背を向けるしかなかった自分に。ただの愛人として、個性を消して「彼」に仕え続けるしかない自分に。

決して人前には姿を現せない存在。人目を忍んで行動しなければならない関係。今の聡美の姿と瓜二つ《うりふた》つだった。

チャイムの音が、来客を告げた。

誰が押そうと音に変わりはない。だが聡美にはわかった。押している人物も、その表情すらも。

「久しぶりだね」

少しだけ開けられた扉から、微笑みがのぞく。A市にいれば嫌でも目に入る、「後援会連絡事務所」の看板の横に並ぶ写真と同じ、内面とは無関係の「切り取られた微笑み」だ。信頼と親しみ、そして政治の世界では有能さに変換されるだろう強引さをのぞかせて……。自ら開けた扉ながら、今は心までこじ開けられた気分だった。

「ようやく、仕事が一段落してね」

磨かれた革靴が、扉の隙間から部屋の中へ踏み込む。煙草《たばこ》の匂い、背広の匂い、そして男の匂い。迎合と拒絶とを併せ抱かせる存在が、聡美の中へゆっくりと侵入しようとする。

「何か、変わった事はなかったかい？」

何らかの変化を、「彼」は感じ取ったのかもしれない。言葉に導かれるように口走っていた。

「私は……、あなたにとって、いったい何なんですか？」

聡美が「彼」に初めてぶつけた感情、それは怒りだった。二人の続けてきた「ゲーム」のバランスを崩す爆弾であることがわかっていながら、導火線に火を点《つ》けてしまった。

二人の関係はシーソーのバランスに見えて、そうではなかった。「彼」の思いの重さに合わせて、自らの心を重くも軽くも変化させて来ただけのことだ。そんな日々を続けた挙句、聡美は自分の心の重さを、自身では量れなくなっていた。

反対派は思い出させてくれた。聡美にも、何かを求め、そして拒絶する権利があるのだと。

「もうこれ以上、私を弄ぶのはやめてください」

聡美は「彼」の「愛人」であり、「事務員」であり、そして「見知らぬ他人」でもある。「彼」は巧妙に、それぞれの顔を使い分けさせてきた。そうした関係を、聡美自身も納得しているかのように「洗脳」を施しながら。

彼は顎を撫《な》で、聡美の怒りの程度を吟味するように、しばらく何かを考えていた。

「この事務所を、閉鎖する潮時なのかもしれないね」

その言葉は、聡美が望んでもいないものだった。

「私も、そろそろ君を縛るのは、終わりにした方がいいだろうと思っていたところだよ」

言ってほしい台詞は、絶対に返ってはこない。市役所が、反対派の存在を決して公的に認めようとしないように。

「すまなかった。自分の事ばかりを考えて、この日を先延ばしにしてしまっていたね」

「彼」は敢えて、聡美の言葉の意味を曲解する。

「君を傷つけないためにも、私は君を忘れることにしよう。君は最初から、私の前には存在しなかった。そうだろう？」

「……そうなのかもしれませんね」

そう答えるしかない状況へと、聡美は追い込まれてゆく。

「もっとも、君は強い人だ。別れ際の泣き言の一つも言ってはくれないだろうけれどね」

浮かべられた寂しげな表情は、決して本心を表したものではない。それすらも計算の内にある。

「君の決意が固いようならば、この事務所はすぐにでも閉鎖することにしよう。こういうことは、ずるずると延ばしていると、君にとって良くないだろうからね」

聡美の心を置き去りにしたまま、話を勝手に進めてしまう。まるで自分が、聡美の思いを汲《く》み取って口にする思いやりに満ちているかのようなニュアンスすら漂わせて。

今の生活を維持するために、あいまいにしてきたこと。それが聡美の一言から、あっけなく崩れ去ろうとしていた。

「それでは、考えておいてくれたまえ」

遠ざかる足音は、決別の意志を示すように確かだった。「彼」は、今の関係に疑問を持った聡美に拘泥するほど、湿った感情は持ち合わせていない。容赦なく切り捨てるつもりだろう。

漂白されたような事務所の空間で、聡美は一人立ち尽くしていた。

初めて、「彼」の前で、自分の意思を言葉にした。それもまた、仕向けられた気がしていた。「彼」は聡美との関係の終わりを画策し、どう軟着陸させるかを考えていたのかもしれない。だからこそ数か月も連絡が途絶え、愛人としての「本来の業務」を課されなかったのだろう。

聡美の反抗すらもが、「彼」の手の内にあったとしたら……。

――このまま、引き下がるの？

静かな、だが強い怒りが湧き上がった。

それを向けるべき相手が存在しない部屋で、怒りはものにぶつけられた。飾っていた花瓶に手をかけ、床に叩きつける。

割れたガラスと造花が床一面に散乱する。光を受けてぎらつくガラスの破片と、無残に散った花弁の中に、何かが転がっていた。肩で息をしながら拾い上げる。すっかりその存在を忘れていた。花瓶の中に取り付けておいた「眼」だった。

機械的な動作で、聡美は「眼」からデータメディアを取り出し、パソコンで再生してみる。

映像の中で「彼」に相対して座るのは、小柄な男性だった。

鮮明な映像ではないので、表情までは窺い知れない。それでも、放たれる存在感は消しようがなかった。刃のような狂気をはらむわけでも、相手を圧倒するわけでもない。にもかかわらず、存在が「異端」であることが伝わり、視線を外すことができない。

男は濃紺の背広を着ていた。背広とはある種の記号だ。人の個性を消し、社会性を備えさせる。だが男は無個性化されてはいなかった。個性を失うことによって、むしろ自らの個性を形成するような、捉え所のない不穏さをまとっていた。

「それでは、日曜日、十二時過ぎに、市役所横の広場に」

「彼」の簡潔な指示に、男は「承知した」と短く答えた。

感情の動きをつかませない、無表情な声の持ち主だ。「彼」が男に渡した封筒には、現金が入っているのだろう。何らかの取引があったようだ。

仕事の話であれば、いくらでも本来の事務所でできるはずだ。誰にも知られてはならない取引が、ここで行われていたのだろう。

日曜日とはまさに、統合推進フェスティバルがあった昨日のことだろう。副市長が乗る公用車の中に「彼」を見かけたのは、気のせいではなかったのだ。

——もしかして……

「彼」のフェスティバルへのかかわりとは、反対派を駆逐することではなかったのだろうか。突然の主義者の介入が、あらかじめ、「彼」によってお膳立てされたものだったとしたら……。

主義者に依頼して反対派を一掃したことが明るみに出れば、A市・C町にとって痛恨の事態となる。反対派の動きも変わってくるはずだ。それは「彼」への復讐《ふくしゅう》にもなる。

ふと、視線を感じた。パソコンの画面に流れ続ける映像の中で、男が聡美を見つめている。もちろん「眼」の存在など知るわけもないだろうが、見透かされているようで、慌てて映像を止め、データメディアを取り出した。

反対派を応援していた和人は、今頃きっと意気消沈しているだろう。彼ならば、このデータを有効利用してくれるのではないだろうか。

反対派に肩入れする和人に、聡美は違和感を抱き続けた。就職活動に身を入れない彼へのもどかしさだと思っていた。だがそれは、楠の伐採以来、自らが捨て去ってしまったものを、彼が今も持ち続けていることへの嫉妬だったのかもしれない。

聡美は油性ペンを手にして、データメディアのメモ欄に記した。

——Ｋｕｓｕｎｏｋｉ18——

和人と心が通じ合ったきっかけであり、そして心が離れたきっかけでもある十八本の楠。和人との離れた距離を取り戻すはずのメディアをそう名付け、聡美は立ち上がった。

今なら、和人に近づける気がする。

◇

和人の部屋は、変にすっきりとした印象だった。模様替えをした様子もないのに、なぜか、閉めきったカーテンを開けたように明るく感じられる。

「これからどうなるの、反対運動は？」

ソファに座るなり、聡美は自分でも唐突だと思いながら、何よりも今知りたいことを尋ねた。

「これを見てご覧」

椅子に座った和人は、デスクの上のノートパソコンの画面を向けてくる。聡美の質問を待ちかまえていたようだ。以前彼が見せてくれた、「会議室」のトップページが表示されている。

「あれ、何か変わってる？」

どうやらサイトがリニューアルされているようだった。

「名前が変わったんだね。え〜っと……、A市統合を……推進する、会議室？」

名前だけではない。内容がすべて、統合賛成派の立場からの記述に差し替えられてしまっている。過去にこの場で熱心に語られていたA市を糾弾する言葉が、晒し者のように表示され、間違いや論理矛盾があげつらわれていた。

「悲しい落書き事件の背後の陰謀」がでたらめなことや、「統合反対を訴えて辞職させられた職員」など存在しないこと、C町出身者によるA市役所潜入が、単なる言いがかりに過ぎないことが理路整然と説かれ、C町との統合が巡り巡ってA市のためになることが主張されていた。

それはまさに、「会議室」の室長の裏切りだった。

――かつて私は、この戦いは、「真実を選び取るための戦争」であると告げた。

だが、あなた方の知る真実とは、本当の「真実」なのか?

人が百人いれば、百通りの真実がある。

あなた方にとっての真実が、万人にとっての真実であると、なぜ信じられるのだろうか?

そしてなぜ、私が味方だと信じたのだろう?

私は言ったはずだ。いずれこの運動には困難が訪れると。

この困難を乗り越えて、運動を持続できるのであれば、あなた方の運動を本物と認めよう。

もう一度言おう。

あなた方の知る真実とは、本当の「真実」なのか？


「反対運動は、これで空中分解するか。それとも、新たな展開を迎えるのか……」

和人の言葉は、どこか他人事《ひとごと》めいて乾いていた。慰めようもなく、言葉が見つからない。だが彼は、失意を見せる様子はない。むしろ達成感のようなものすら漂わせている。

和人はおもむろに、机の上に置かれていた封筒から書類を取り出した。

「決まったよ。就職が」

「えっ？　ああ、おめでとう」

和人が落ち込んでいない理由がわかった。書類を受け取り、その内容に思わず目をみはる。

「ちょっと和人、これってどういうこと？」

「何が？」

「だってこれ、A市役所の合格通知じゃないの」

「二次試験も終わって、ようやく昨日、結果が出たんだよ」

部屋の隅に、ビニール紐で束ねられた参考書や問題集があった。それは確かに、公務員試験対策用の本ばかりだった。

「どうして……どうしてA市に？」

聡美の声は上ずっていた。その理由を知りながら、和人はとぼけ顔だ。

「どうしてって、自分の故郷だし、公務員は安定しているんだから、言う事無しだろう？」

「そうじゃなくって……。和人は反対派を応援していたんじゃなかったの。どうしてA市なんかに？」

「俺はA市が好きだよ。だからこそA市の職員として働くのさ」

和人は、自分の行動に一片の矛盾もないというように胸を張る。

「もしかして……」

百八十度様変わりしてしまった「会議室」と、和人の姿が重なる。

「『会議室』の室長って、まさか、和人だったの？」

答えはなかったが、「会議室」に向けられた皮肉な眼差《まなざ》しは、何よりも雄弁だ。

「どうして、みんなを騙《だま》すような事を？　彼らはあなたと一緒に反対運動を続けて来た仲間じゃなかったの」

「そんなことは思っていないよ。初めっからね」

仲間呼ばわりは心外だとばかりに、和人は反対派を遠ざける。

「聡美にはまだ話してなかったな。どうして会社を辞めたのかを」

和人は椅子を回転させ、聡美の真正面に向き直った。

「俺が仕事を辞めた……いや、辞めざるを得なくなったのも、ネットの炎上がきっかけだったんだ」

「じゃあ、やっぱりあの炎上事件が？」

思い出したくないというように、和人は唇を歪めて頷いた。

和人の会社は、ＣＭに隣国の女優を使っていた。その女優が、自国でこの国を貶める発言を繰り返していると噂されたのだ。それはインタビューの一部分だけを故意に切り取ったもので、発言全体を見れば、この国を愛しているが故に敢えて苦言を呈している事がわかるものだった。

だが、ネットでは切り取られた発言だけが独り歩きし、一気に炎上してしまった。

「俺は広報部にいたからね。炎上を鎮火させる矢面に立たされたわけさ」

彼は、見えない敵と戦い続けた日々を振り返った。

「できることはすべてやったよ。ホームページ上にインタビューの全文を掲載し、女優のこの国を愛する思いも載せた。意図的に編集されたネット上の映像には削除依頼を出し、お客様センターの担当者を増員して、苦情の電話対応にあたらせた」

にもかかわらず、事態は一向に沈静しなかった。むしろ、会社の対応は火に油を注ぐだけだった。

「動画は削除すればするほど、嘲笑《あざわら》うように増えていった。間違った情報が拡散され、バッシングは強まるばかり。苦情に対応するために増員した不慣れなお客様センターの受け答えが録音され、それもまた、ネット上にばらまかれた」

大規模な不買運動にまで発展し、会社は大きな損害を被《こうむ》った。

「じゃあ和人は、その責任を負う形で？」

和人は会社を辞め、部屋に閉じこもって鬱々とした日々を送っていたのだという。出会った頃の志のまま、挫折を寄せ付けず進み続けたのだとばかり思っていた。だが彼もまた、拭い去れない影を背負っていたのだ。

「そんな時に俺は、『かてごりー』で、A市統合反対の動きが盛り上がっているのを知ったんだ」

生まれ故郷で、自分が味わったのと同じような「炎上」が起きていたのだ。和人の憤りはいかばかりだったろう。

「じゃあ、『かてごりー』のTTに和人の主張を書き込んで、議論の方向を軌道修正すればよかったんじゃないの？」

「そんなことをしても、市役所の人間が書き込んでいると思われるのがオチさ」

和人は馬鹿にしたように首を振った。

「だから俺は敢えて『会議室』をつくって、反対運動を煽ったんだ」

「いったい何のために？」

「反対派を徹底的に盛り上げた後に、完膚無きまでに叩き潰すためだよ」

和人の顔に、蟻《あり》の巣を踏みつぶす子どものような冷酷な笑みが浮かぶ。

「会社でネットの炎上に対応するうちに、彼らをどう煽ったらどんな反応を示すか、どんな情報を投げ込めば騒ぎが一気に拡散するかってのがわかった。それをそっくり、A市の反対運動に取り入れてみたんだ。まあ、実証実験の一つだよ」

「だけど、和人が煽らなかったら、反対運動も大きくならなかったんでしょう？」

和人が憎悪する反対派は、他ならぬ和人自身によって育てられ、勢力を拡大していったのだ。

「和人自身は、統合に賛成なの、反対なの？」

「統合自体には大反対だよ」

「だったら……」

「だけど、ネット上で短絡的に声を上げることで達成感を得るような奴らには、何の期待もしていない」

取るに足りない相手だとばかりに、和人は机の上の紙を丸め、ごみ箱に投げ捨てた。

「統合に反対する者は、差別主義者というレッテル貼りをされる。それは初めっからわかりきっていたことだし、『会議室』でも『覚悟を持て』と導いて来たつもりだ。一度の挫折を乗り越えられないような運動ならば、いっそ消滅してしまった方がいいんじゃないかな」

和人は殊更《ことさら》に、反対運動を突き放そうとする。

「この運動が、十年、二十年先のA市を見通したものになるのならば、ここから立ち上がる人間がいるはずだ。『真実を求める運動』の萌芽《ほうが》になれないようなら、こんな運動には何の意味もない」

今後はA市の職員として統合の問題に取り組んでゆくだろう和人の、強い意思表示と受け取れた。

「とはいえ反対派にも、起死回生の一打を打てる可能性は残っているな」

パソコンを操作し、保存していた画像を開く。統合調印式の写真だ。市長の背後で「彼」は、和人と同じ皮肉な微笑みを浮かべていた。

「調べる過程で、自治区選出のある議員が大きく関わっていることに気付いたんだ」

「議員って……？」

動揺を漏らさないように、敢えて平板な声を発した。

「その議員の動きで、反対運動はことごとく芽を摘まれている。大手スーパーへの不買運動には仲介役として本社まで乗り込んで動揺を抑え、統合推進室への電突も、副市長との密約でコールセンターに業務委託をしてやり過ごしている。ネットの中で爆発的に盛り上がった、統合批判で辞めさせられた職員がいるって噂も、ネット専門の工作企業を使って『かてごりー』に大量の書き込みをさせて、厭戦《えんせん》気分を蔓延させた。全部、彼の仕業さ」

「だけど、証拠は何もないんでしょう？」

「裏工作に長《た》けた議員だからね。証拠はつかませないよ。せいぜい、ネット工作を依頼した企業名がわかったくらいさ」

「どうしてそこまでわかるの？」

「『かてごりー』は、匿名掲示板だけれど、古参の人間だけが知るトラップがあってね。それに引っかかった工作員が、うっかり会社の情報を晒しちまったんだよ。それが、この会社だ」

和人はネット上の、企業のホームページを示した。


御社に安心と繁栄をお届けします！

企業をとりまくネット環境は日々、進化を続けており、それに伴い、思わぬ脅威となって牙を剝《む》く危険性も増しています。当社では、そんなネット上の脅威から御社を守るべく、トータルでのサポートをお約束いたします。

「トータルプロテクト」という企業名に、胸騒ぎを覚えた。あの日、州都の駅前プロムナードで、「T・P」という社章をつけた男に、「彼」からの書類を渡した。あれは、工作の依頼文書ではなかったのだろうか？

「主義者を『ゲリラお散歩』にぶつけて来たのも、おそらく彼だろう」

「そう……」

和人は、聡美の言葉の力の無さに気付きもせず、統合の裏を映す鏡を、聡美の真正面に据えるようだ。

「反対派とは違う意味で、彼の工作は決して表沙汰にはならない。どんな線から辿っても、決して彼にはたどり着けない。裏付けのない真実は、誰も信用してくれないさ」

手出しができないというように首を振って、パソコンの電源を切る。画面が暗くなり、聡美のこわばった表情が映り込んだ。

「切れ者って評価は高いが、いろんな噂が付きまとってる奴だからな。もちろん国会議員の後ろ盾もある彼が、強引にハコモノやイベントを引っ張って来たからこそ、A市が活性化したって側面は否めない。だけどその分、悪い噂も多い。特に今回の統合には裏で大きな金が動いているからね。統合関連の裏金で愛人囲って、よろしくやってるって噂もあるしな」

和人は悔しそうに呟く。その言葉が、聡美に直接突き刺さっていることなど知りもせずに。

「彼が仕組んだ裏工作が明るみに出れば、反対派は息を吹き返し、世論もなびく。その時には……」

市役所の内と外とで共闘する時を思ってか、彼は目を細めた。だがすぐに、夢想を追い払うように首を振った。

「もっとも、そんな都合のいい魔法は手に入らないだろうけどね」

聡美は膝の上に置いたバッグを握りしめた。中には文字通り、反対派を甦らせる起死回生の「魔法」が入っていた。だが、態度を豹変《ひょうへん》させた今の和人に、それを渡すことはできなかった。

「さて、反対運動の件はそれくらいにして」

ここからが本題だとばかりに、和人が身を乗り出す。

「俺たちのことを話そうじゃないか」

「え……、私たちって？」

まだ衝撃を引きずっていた聡美は、突然そんな話を振られて、余計に混乱してしまった。

「聡美は、俺の事をどう思っているんだ？」

射竦《いすく》める瞳が、聡美の内側まで覗き込もうとする。高校生の頃、市役所に乗り込んでいった時のように、迷いを寄せ付けない。

「どうって……」

心の内の打算や駆け引きなど、正直に話せるはずもない。

「聡美の相手として相応《ふさわ》しい職につけるかどうか、他の男と天秤《てんびん》にかけていたんじゃないのか？」

「そんな……そんなことないよ」

力なく首を振るが、否定として伝わったとは思えなかった。

「非難しているわけじゃないよ」

和人は聡美の心を見透かし、それでも見放すことも、軽蔑もしていなかった。

「俺たちは出会いの時からずっと、友人でもなく、恋人でもない。競い合い、駆け引きをし合って来たじゃないか。それをこれからも続けようって、そういうことだろう？」

昔と変わらず挑戦的で、そして目指す何ものをも打ち負かし、取り込もうとする野心がのぞく。

「俺はそれに乗ってもいいよ。単なる恋人同士ってのはつまらないしな。お互いに、騙し騙され、試し試されながら付き合う。楽しそうじゃないか。俺は公務員になるんだし、資格は充分だろう？」

将来の相手として相応しいか、聡美は和人を観察していた。それは彼も同様だったのだ。

「聡美もそろそろ、もう一回立ち上がってもいいんじゃないか？」

「え？」

窓際に立った和人の表情は見えなかった。まっすぐに立つ後ろ姿は、たとえ倒れても、何度でも立ち上がることができるのだと伝えるようだ。

「今度会った時に、答えを聞かせてもらうよ」

## 5

統合反対の動きは、目に見えて沈静化していった。

トイレで反対派のチラシを目にすることもなくなり、「かてごりー」の書き込みも、ぱったりと途絶えた。姿を見せず、その活動すら「なかったこと」にされてしまった彼らは、まるで最初から存在しなかったかのようだ。

反対派が消え去り、聡美もまた、事務所から姿を消さざるを得ない運命だ。「彼」を失いつつあり、和人にも梯子《はしご》を外された聡美は、支えを見失っていた。

空白を埋めるもの……。それを探す心に、携帯の着信が響く。表示された相手は、

「非通知設定」でも、和人でもなかった。

「石川さん……」

聡美の声は、知らず誰かを求めるトーンを帯びていたのかもしれない。

「もしかすると、今は都合が悪かったでしょうか……？」

聡美の揺らぎを、彼は敏感に察したようだ。気付かないふりをされるよりも、今は嬉しかった。少なくとも、自分を求めてくれる人がいるという救いがあった。

「聡美さん、よかったら食事にでも行きませんか？」


石川さんが連れて行ってくれたのは、A市駅前ホテルの、最上階のレストランだった。

「今日は、誘っても良かったんでしょうか？」

聡美の口数が少ないのを気にしてか、石川さんは憂い顔になる。

「ええ、大丈夫です」

「何か、心配ごとでもあるんじゃないんですか？」

石川さんはテーブルの向こうから、聡美に微笑みかける。恋愛の駆け引きにおいて、相手の弱気はつけ込む隙だ。それでも今は、駆け引きを気にする余裕もないほど、聡美の心は弱っていた。

「先日、A市で行われた統合推進フェスティバルに参加したんです。そこで少し、嫌な事を経験して……」

主義者の登場によって敗走せざるを得なかった反対派の姿が甦る。

「そうですか。主義者の活動を目の当《ま》たり《あ》にしてしまったら、それは少しショックだったでしょうね」

「あんな事件が起こったのに、テレビや新聞ではフェスティバル成功って報道ばかりで、反対派なんか最初からいなかったみたいな扱いで……。それ以来、いろんな事が信じられなくなっちゃった感じなんです」

ウエイターが食前酒を注ぐ。石川さんは赤ワインを頼んだ。

「あれだけ反対していた人たちは、いったいどこに行ってしまったんでしょうか？」

「すぐそこにいるはずですよ」

思わず周囲を見渡した。レストランに集う人々は、それぞれの話題に興じ、統合のことなど頭にもないように見える。

「どこにでもいる主婦や学生、サラリーマン。その誰かが反対派として顔を見せずに行動していたんです。匿名ゆえに、心変わりも挫折も居直りも、誰にも知られることがないまま、昨日まで反対派だった人物が、今日には無関心派や賛成派に回っている。その意味では、今は沈静化しているけれど、完全に消えることもなく火種は残り続ける。いつまた攻撃材料が出て来て、無関心派や賛成派が反対派に姿を変えるかもわからない」

ネットの中の「民意」とは、まさにアメーバのごとく、形を持たず伸縮を繰り返すのだろう。

「石川さん自身は、この統合をどう捉えていらっしゃるんですか？」

「どうしてそんなことを？」

「C町役場に勤めていらっしゃるんだから、反対運動に怒りを感じたり、鬱陶しく思われてもいい立場ですよね。それなのに、なんだかいつも、反対派に賛同はしないまでも同情的って感じだから、不思議に思っていたんです」

聡美は、石川さんがC町職員でありながら、実は反対運動に身を投じているのではと疑ってさえいた。

「確かに、同情している面はありますよ。真実を知らされないまま、偏った情報に踊らされざるを得ない彼らをね」

反対派も知らない、統合の裏の「真実」を知っているとでも言うようだ。

「この統合の目標は、何だと思いますか？」

「それは、経済効果とか事務効率化とか、そんなものでしょう？」

小さな頷きは、肯定とも否定とも受け取れる。

「確かにそれはありますね。ですがA市とC町の統合は、最終的な目標を達成する上での、過程に過ぎないんです」

「それじゃあやっぱり、反対派が主張しているA市の乗っ取りが、本当の目的なんですか？」

石川さんは、苦笑しながら首を振った。

「乗っ取りというのは言い過ぎですが、C町との統合によって、A市民の意識を変えたいという側面はありますね」

彼はワイングラスに水の入ったグラスを近づけた。相容れない二つの色が並ぶ。

「この行政単位統合の最終目標。それは、B市とA市が統合することなんです」

「B市と？」

突然のB市の登場に、聡美は却って混乱させられてしまった。

「A市とB市の仲が悪いのは、両方の市に住んだ経験を持つ聡美さんなら、良くわかっていますよね？」

「ええ、B市に引っ越した当初は、色々と言われましたから」

B市とA市は犬猿の仲だ。幕藩体制の頃には、B市→C町→A市と流れる川の水利権でたびたび衝突を起こしたこともあり、今でも住民感情では互いに反感が大きかった。ほんの十年前までは、A市とB市の男女が結婚するというだけで「ロミオとジュリエット」と呼ばれたほどだ。聡美自身、B市に移り住んでからも、A市の出身者と知られて厭味《いやみ》を言われたことは、一度や二度ではなかった。

「だから、まずはC町が犠牲になったんですよ」

彼は飲み終えていた食前酒の小さなグラスに赤ワインを注いで、ワイングラスのそばに置いた。それを水のグラスに近づける。

「C町と統合することによって、A市は結果的にB市と隣り合うことになります。隣人として、衝突しつつも、うまく関わってゆく道を探らなければならないわけです。嫌でもね」

国家間でも、隣り合った二国はどこも仲が悪いという。一番密接なつながりがあるからこそ、相手の悪い部分が見えてしまうのだろう。

「B市寄りの住民感情を持つC町と、A市が融和することで、A市民にあるB市アレルギーも、徐々に消えていくでしょう」

食前酒のグラスに入れたワインが、水のグラスに注ぎ込まれる。

「五年前にA市で起きた『悲しい落書き事件』は、もちろんあってはならない嘆かわしい出来事でしたが、将来のA市とB市の統合に向けて、奇貨となったことは否めないんです」

彼にとっては当然、事件は捏造ではなく、偶然あの時期に起こってしまったという位置付けだろう。

「自治体の粘り強い対策によって、住民意識を変えていくことができるという実績を作ったわけですからね」

「コンサルティング会社に牛耳られ、市政が捻《ね》じ曲げられている」という反対派の解釈を、彼は百八十度違う観点から見ていた。

「B市と統合したら、いったい何が起こるんでしょうか？」

A市とC町の統合効果すら未知数なのだ。ただ徒《いたずら》に市の規模が大きくなるだけではないか。

「A市とC町、B市の人口を合計すると七十二万人。人口規模で言えば、州都に次ぐ自治区第二の都市になるわけです」

「それが重要な意味を持つとは思えないんですが……」

石川さんは、先の先を見通す棋士を思わせる遠い目になる。

「もともと、国の統合推進政策自体が、行政の効率化や合理化だけにとどまるものではありません。その先を見据えて、B市との統合は水面下で進んでいるんです」

「その先って？」

「州の再編です。今までの制度や自治体の枠組みそのものを根本から再構築して、この国は生まれ変わろうとしています。その中では、州都も今まで通りとはいかない。A市とC町、B市が一つになれば、発展の余地があまりない現州都に代わって、新州都の座を射止めることも可能なのです」

この地域が州都になる。今の聡美には夢物語にしか思えなかった。

「だけどそれには、長い時間がかかりそうですね」

C町との統合が、B市と一つになるための布石であり、それが自治区第二の都市昇格へとつながり、最終的に新州都構想に絡んで来る……。前途は遼遠《りょうえん》だろう。

「まちづくりというものは常に、長期的な視野で行うものです」

お見合いの日に、道路を造ることになぞらえて、彼が教えてくれたことだ。いつの間にかグラスの中では、二つの色がすっかり混じり合っていた。

「だけど、将来B市と一緒になるためにC町と統合するって知ったら、今とは違う意味で反対する人もいるでしょうね」

「確かに今はまだ、A市民のB市アレルギーは根強いですからね。でも……」

彼はグラスの中の色の融和に、遠くない未来を見通しているのだろうか。

「時に住民を欺いてでも、より良い方向へと進む意志を持って、業務にあたること。それが公務員の使命なんです」

和人は短絡的なネット上の反対運動を批判していた。石川さんもまた、まちづくりという長期的な視野で考えるべき問題への、近視眼的な賛否を嫌うようだ。

「A市とB市の将来的な統合を最初に打ち出したのは、三十年前の弓田市長ですからね。実に三十年かけて、ようやく土台づくりが完成しようとしているんです。今回のC町との統合でね」

遠大な計画を阻止はさせないとばかりに、彼は言葉に強い意志を込める。

「弓田市長って、今の副市長のお父様ですよね」

石川さんは、意外そうに目を見開いた。

「よく知っていますね。副市長は政治の道には進まず、民間で事業を興して成功したんです。三十年経って、父親の志を継ぐ決意ができたんでしょうね。彼ら親子が、自らの利益を超えた部分で初志を貫いたからこそ、ここまで来ることができたんです。私はそれを支えていきたいと思っています。自分ができる形でね」

石川さんの話が真実だとしたら、反対派の起こした「戦争」は、まったく筋違いな言いがかりでしかなかった。

「統合反対派と主義者とは、結託しているようには見えませんでした。むしろ、反対派が罠《わな》にはめられたように感じました」

主義者の介入が「彼」の裏工作だということは知っている。だが、それは言えなかったし、石川さんがどう考えるかに興味があった。

「その可能性は、無きにしもあらずでしょうね」

「主義者を動かして、反対派に差別主義者のレッテル貼りをする……。これは、市役所がやったことなんでしょうか？」

お門違いの推論で盛り上がった反対運動は、市にとって目の上のたんこぶだろう。だからといって、主義者を介入させるという姑息な手段によって排除するのであれば、市役所側も百パーセント「正しい」とは思えない。

「主義者の側にも、思惑があるでしょうからね。この問題に関わることによって自分たちにどんな利益が生じるかを、冷静に判断しているはずです。市役所側から持ちかけたか、主義者側からか。それとも暗黙の了解か……。私はどれとも断言できませんね」

「私にはそれは、とても卑怯な手段に思えます」

そうした裏工作を「やむなし」と判断するのならば、彼と結婚したとしても、何らかの場面で、決定的な意識の違いに悩まされる気がした。

「一つの組織を動かすためには、きれい事だけでは済まない部分もあります。清濁併せ飲んで、多少強引にでも進んで行かなければならない場面も生じて来ます。大事なことは、どんな手段を使ったか、ではなく、どんな道を選び取ったか。私はそう考えています」

石川さんは、取り繕わなかった。誠実さであるとも受け取れたし、頑迷さを示しているのかもしれない。

石川さんと和人の、「欺き」の方向はまるで違う。和人はA市で、石川さんはC町で、それぞれの目指す「まちづくり」なるものに取り組むのだろう。

「幻滅させてしまいましたか？」

「いえ、そんなことは……ありません」

深さが知れない海に浮かんで、寄る辺を失った気分になってしまう。

「譬《たと》えは突飛かもしれないけれど、結婚してからの夫婦の生活も、同じようなものだと思います。すべてをきれい事では済ませられない。相手に黙っていることもある。それでも、二人で幸せになるために同じ方向に進んで行くのであれば、それで構わないと私は考えます。必要なのは真実ではなく、共に進んで行こうという意志そのものなんです」

「他人だった二人が縁を結ぶこと」への決意を示し、石川さんは居住まいを正した。

「そんなわけで、今の言葉は、共に進む同伴者として、聡美さんを想定しているわけですが、伝わっているでしょうか？」

「はい……、わかっています」

「自分で言うのもなんだけど、年式が古いことを除けば、私はお買い得商品だと思うけどな」

くだけた調子で冗談めかしてアピールするのも、聡美の心情を慮《おもんぱか》ってのものだろう。

「少し、考えさせてくださいませんか？」

「もちろん、すぐに答えが出るとは思っていません。いい返事は期待していますけれどね」

決して詳《つまび》らかにはできない罪悪感が、聡美の肩で重みを増す。

「私は、石川さんが思っているような人間じゃないかもしれませんよ」

石川さんは、心の内の聡美の像を目の前の姿と重ね合わせるように、しばらく考えていた。

「たとえば、聡美さんが何か秘密を持っているとして……」

彼はコーヒースプーンを手にした。柄の先端を持ち、目の前で揺らす。

「幸せを選択する上で、話さずにいることが共に進むためにベターだと考えるのであれば、それは話さない方がいいと思います。最後まで話されない秘密は、秘密ではなく、存在しない過去になります」

まっすぐなはずが曲がって見えるスプーンは、真実など見方次第でどうにでも変わることを伝えるようだ。

話さずにいることを石川さんが是とするならば、そこには隠すべき「真実」はない。後は聡美がその状態を納得して、共に歩めるかどうかだ。

後ろめたさは、消えることなく残り続けるだろう。逆に石川さんが秘密を持っていても、聡美は問《と》い質《ただ》す権利を持たないことになる。それは果たして、理想的な夫婦生活なのだろうか？

「石川さんはどうして、町役場に勤めようと思われたんですか？」

C町職員という興味だけで石川さんと会うことにした聡美は、お見合いの釣り書きすら見ていなかった。

「私は州都の企業で働いていました。ですがやはり、故郷のために働きたいという思いが強くなって、二十八歳の時に、役場の試験を受けたんです」

生まれ故郷へのまっすぐな思いが伝わる。歪みすら自らの推進力とするように、強引に突き進む和人。それに比べて石川さんは、純粋な気持ちで町役場の仕事を選んだのだろう。

◇

石川さんと別れ、駅前のロータリーに向かう。あいにくタクシーは出払っており、聡美はしばらくぼんやりと、タクシー乗り場にたたずんでいた。

石川さんと和人、それぞれが心にどんな思いを秘め、どんな秘密を抱えているかまではわからない。統合の「真実」が知れば知るほど遠ざかるように、二人の「真実」もまた、聡美の前では姿を明らかにしない。

もちろん、どんなに近しい家族や親友であれ、相手のすべてを知ることはできない。

だが、自分の将来を共にしようとする相手の真実が見えないまま、一緒に生きていくことができるのだろうか?

――大事なことは、どんな手段を使ったか、ではなく、どんな道を選び取ったか――

石川さんの言葉が甦る。

――あなた方の知る真実とは、本当の「真実」なのか?

和人が「会議室」の室長として反対派に向けた言葉もまた、聡美自身に突き付けられているようだ。

聡美には真実を確かめる術はない。だとしたら、何を「真実」として「選び取るか」という問題なのだろう。

タクシーとバス専用のロータリーに、七色に塗られたワゴン車が侵入し、一方通行の道路を逆回りに走りだす。

「隣国とのぉ、真の友好関係をぉ、構築するためにぃ、大国に住む我々にはぁ、今こそぉ、歴史の真実をぉ、真摯に受け止めぇ、謝罪する英断がぁ、求められているのだぁ!」

スピーカーで拡大されただみ声が、ロータリーを覆うデッキに反響して響き渡る。声が槍《やり》のように四方から突き刺さった。

――主義者だ!

粘着質な口調が、人々の心の内にまで主張を練り込もうとする。つい先日まで、「自虐史観による謝罪外交」を厳しく糾弾していたはずが、今は真逆の論陣を張っている。主義者は、何らかの利益を得るためならば、自らの言説など一夜にして翻す。だからこそ皮肉を込めて「主義者」と呼ばれるのだ。

ひとしきりがなり立て、人々が迷惑顔になったのを潮に、ワゴン車は満足したかのようにロータリーを去っていった。

聡美は無意識のうちに、車の後を追っていた。徒歩での尾行は無謀に思えたが、車は信号ごとに赤につかまり、視界から消えることはなかった。何よりスピーカーからの行進曲が、嫌でも居場所を知らしめた。

やがて車は、公園横の交通量の少ない道路に停車した。何度かそこで見かけた覚えがある。街宣時の仮の拠点なのだろう。

車から男が降りてきた。聡美と同じくらいの背の、小柄な男性だった。間違いない、「彼」の密会の相手だ。男は車を離れ、駅前大通りをまたぐ歩道橋に向かった。休憩中なのか、橋の半ばで立ち止まり、煙草を吸いながら道行く車を見下ろしている。聡美は後を追って階段を上った。

「お嬢さん、何か私に御用でしょうか?」

突然男が振り返った。聡美が追っていることは先刻お見通しだったようだ。

得体の知れない「主義」の持ち主だけに、警戒心が先立つ。「眼」の映像で感じた不穏な気配は健在だ。それでも聡美は、引き寄せられるように彼に近づいていた。

「主義者の方ですよね？」

煙草を律儀に携帯灰皿で始末して、彼は鷹揚《おうよう》に頷いた。

主義者として、時には自らの意に染まぬ主張を大音量で流しながら街宣することもあるはずだ。いくら組織の利益のためとはいえ、苦悩や葛藤があるのではないか。自らの主義を押し通すのとは別の意味で、強い覚悟が必要だろう。

それは、今の聡美が必要とする強さのような気がしていた。

「真実って、何でしょうか？」

唐突過ぎる聡美の問いにも、男は何の動揺も示さなかった。

「それはつまり、あなたが真実を必要としているということでしょうか？」

「真実を必要としない人はいないと思います」

統合は、地域活性化のため。

統合は、C町によるA市の乗っ取り。

統合は、州都に対抗できる都市となるための足掛かり。

今の聡美には、どれが嘘とも真実とも断定できなかった。もしその「真実」をつかむことができたなら、これから自分がどちらへ進むべきかを選べるのではないだろうか。

男の浮かべた奇妙な笑みが、聡美を搦《から》め捕ろうとするようだ。

「おっしゃる通り、もちろん私たちにも真実は必要です。ただしそれは、『真実らしい何か』で構わないのです」

「必要」という言葉が、まったく違う意味を担わされているようだ。

「真実と嘘は、光と影のようなものです。我々はもちろん暗闇では何も見ることができませんが、逆に光が強すぎても目を開けられませんからな」

統合の「真実」から遠ざけられた市民をあざける言葉に思えた。

「それは詭弁《きべん》に聞こえます。まるで、本当の真実なんて人々には必要がないみたいじゃないですか」

「では言い方を変えましょう。真実とは、天秤の上にあります」

自分自身を天秤に見立てたように、肩をすくめた恰好《かっこう》で両の掌を上にした。

「たとえば経済学の世界でも、長く続く不況から脱却するためにはどんな処方が必要か、という点について、さまざまな主張が繰り広げられております。政府の財政出動について、増税について、他国との経済協力について。時には真逆の主張が、自らのみに正当性があるとばかりに対立し合う。真実が一つであれば、経済学の学説など、一つでいいはずですね」

「それは……」

「真実とはしょせん、今の状況ではそれが確からしく見える、というだけに過ぎんのです。風が吹けば天秤が揺れ、真実もまたどちらかに傾く」

彼は肩を揺らし、掌の天秤を上下させた。

「その天秤をわざと激しく揺らすことによって、利益を得る者もいれば、物事を有利に進める者もいる。そういうことです」

掌に載せた、見えない「利益」を聡美の前に差し出すと、丸め込むように手を合わせ、ポケットに手を収める。

「それではお嬢さん、失礼いたします。あなたにとっての真実が見つかることを、祈っておりますよ」

決して宗教には結びつかないだろうお祈りのポーズをとって、歩道橋を下りて行った。大型トラックが轟音《ごうおん》と共に走り去り、足元がぐらぐらと揺れる。聡美自身が天秤の上に載せられているようだった。

◇

バイパス道路ではなく、旧道を通るのは久しぶりだ。周囲にはのどかな田園風景が広がっていた。午後の陽光がくすんだ景色にのったりとした光を落とす。印象派の絵画の中に取り込まれたような気だるさの中、聡美はC町に向けて車を走らせていた。

A市とB市をつなぐバイパス道路はC町を避けるように大回りしているので、普段は足を踏み入れる機会もない。C町は、近くて遠い場所だった。

遠くに見えていた住宅街が間近に迫り、いつのまにか既にC町の町域だった。てっきり、「これよりC町」等の表示があると思っていた。何らかの覚悟を込めて見つめ、C町に入ることになるだろうと。

あっけなくC町に入っていたという事実を前に、気負っていた心に影が差す。和人や石川さん、反対派に接するうち、C町という存在が、実体以上に大きく膨らんでしまっていたようだ。思い込みで空回りしている気分になる。

すぐ隣の町なのだから、方言も同じだし、違う風習があるわけでもない。乗っ取りや陰謀という週刊誌の見出しのようなショッキングな「真実」は、のどかな景色の前で急速に色を失う。

反対派は、都合のいい情報をつなぎ合わせて、勝手に一本のストーリーを作り上げているだけではないのか？　自分の影に驚いている間抜けな姿が浮かんでくるようだ。

C町役場を訪れるのは初めてだった。小さな小学校の校舎のような陰気な建物は、A市の近代的な庁舎とは比べるまでもない。これだけを見るなら、「C町によるA市の乗っ取り」など、竹槍で飛行機を落とそうと意気込むようなものに思えてくる。

他の部署に用事があるふりをして、生涯学習課の前を通り過ぎる。石川さんは、席を外しているようだった。

もちろん会う約束をしていたわけではないし、仕事の邪魔をする気もなかった。ただ少しだけ、彼が働いている姿を見てみたかった。そうすることで、石川さんに向けて一歩踏み出すことができる気がしていた。

あきらめて庁舎を出たところで、中庭に石川さんの姿が見えた。呼び掛けようとした矢先、聡美は足を止めた。見えない壁に阻まれたように、近づくことができなくなる。

石川さんは、「彼」と話していた。もちろんC町も「彼」の地盤なのだから、役場の職員と行政上の話をすることもあるだろう。だが、二人の向き合う様子には、それ以外の何かがあるように感じられた。

……お見合いは、石川さんの方から申し込まれた。彼はいったいどこで聡美を見初めたのだろう。近づいて来たのが、最初から「彼」の差し金だったとしたら？

石川さんが今の職業について尋ねなかったのも、聡美が話せないことをわかった上での事ではなかったのか。「彼」が捨てた後、聡美を「あてがう」約束が、二人の間で取り交わされていたのだとしたら……。

自分の想像に、全身が総毛立った。

だとしたら石川さんは、「彼」と主義者の結託もわかった上で、延々と作り話をしていたのだ。顔色一つ変えずに。

彼は言った。「幸せを選択する上で、話さずにいることが共に進むためにベターだと考えるのであれば、それは話さない方がいいと思う」と。それは聡美の秘密と同時に、彼自身の秘密をも指していたのだろうか。

◇

エンジンを切ると、平日の住宅地の静謐《せいひつ》が、車内までを浸す。エンジンの冷えていくチリチリとした音が、聡美の焦燥を煽るように、いつまでも続く。静寂の中にある日常の幸福や安寧が、自分を落ち着かなくさせていることは、聡美にもわかっていた。

静寂をかき消すべく、乱暴にドアを開けて外に出る。一際大きな「後援会連絡事務所」の看板の横の「微笑み」から顔を背け、大きな構えの門の前に立つ。

C町に足を踏み入れなかったのは、もちろん便利なバイパスがあったせいもある。だが本当の理由は、この家に近づきたくなかったからだ。現実を直視したくなかったからこそ、避け続けたのだ。

しばらく逡巡《しゅんじゅん》し、意を決してチャイムを押す。外からは聞こえないはずのその音が、聡美の中でしっかりと鳴り響いた。安寧を破る来訪者だと自覚しているからだろう。

――誰も、いなければいい……

今になって後悔に襲われ、立ち去りかけたその時、中で人の気配がした。

「ごめんなさい、奥さん。お待たせしま……」

近所の奥さんでも訪ねて来たと思ったのだろう。玄関に顔を見せた女性は勢い込んで話しだそうとして、言葉を失った。聡美よりも二十歳ほど年上だろうか。愛嬌のある顔立ちと、少しもの寂しげな風貌に、微《かす》かに心が疼《うず》く。

「あの……何か御用でしょうか？」

記憶と照合し、聡美を見知らぬ人と判断したのか、少し警戒した声になる。

「すみません、道に迷ってしまって」

心細げな聡美の言葉に、彼女は表情を和らげた。

「ああ、この辺は道が入り組んでるから。よく迷い込んで来る人がいるのよ」

彼女は聡美を先導し、身軽に道路に出た。いっそ邪険に扱ってくれれば憎むこともできるのに、その願いは虚しくついえた。

「私は、どちらに行けばいいんでしょうか？」

車もめったに通らないためか、彼女は躊躇《ちゆうちよ》なく道路の中央に立つ。しっかりと地に足をつけて暮らす人生そのもののような姿だった。

「右に真っすぐ行けば旧道に戻れるから、A市にもB市にも行けるわよ。左に行っちゃダメよ。先に神社があって、そこで行き止まりだから」

向かうべき方向が、真っすぐに指し示された。その先に戻るべき場所があると言うように。だが聡美には、これ以上の侵入を拒む、通せんぼをする姿に思えた。

「そうですか、ありがとうございます」

道に迷った者としての礼を言って、彼女の背後を見やった。

「立派なお住まいですね」

「え？　ええ、そうですか？　広すぎて掃除も大変なんだけど」

ため息交じりに家を振り返るが、言葉は軽やかだ。

「お幸せそうですね」

彼女は、自らの日々の上に初めてその言葉を置いてみたように、首を傾げる。

「どうなんだろう。自分が幸せかどうかなんて、考えもしなかったわ……。ってことはつまり、幸せってことになるのかな？」

普段着姿を褒められたように、恥ずかしそうに肩をすくめた。屈託のない仕草が聡美を打ちのめすことなど知りもせず。

「ありがとうございました。それでは、ご主人によろしくお伝えください」

「えっ？」

彼女の疑問を振り切るように、聡美は車に乗り、エンジンをかけた。渦巻く思いを飲み込み、アクセルを踏み込む。

「ちょっと、そっちは……」

呼び止める声に聞こえないふりをして、スピードを上げた。途方に暮れたように立ち尽くす姿が、バックミラーの中で遠ざかってゆく。聡美が選んだのは、彼女が指差したのとは逆の方向だった。


行き止まりの神社は、地元の氏子だけが参拝する地域に密着したもののようで、こぢんまりとした佇まいだった。せっかくなのでお参りをしていくことにした。

雑木林の中を、掃き清められた参道が続き、聡美は自ずと襟を正した。乱れた心も清めてもらえるのだろうか。

歩くうちに、時空がねじ曲がったようなおかしな気分になる。

幹太く構えた巨木もあったが、多くの木々は、どこかから移植されたような、この地への根付かなさを露呈している。鳥居は長年の風雨にさらされたようにも見えるが、着色された黒ずみにも思えた。

神社の本殿にも、テーマパークに来たような作為的な古臭さが漂う。聡美は賽銭《さいせん》を入れることも、お参りをすることもできずにいた。自分の願いごとが、歪んだ形で神様に届けられてしまう気がした。

うそ寒い気分に襲われながら、境内を見渡す。片隅に真新しい石碑が置かれている。境内に他に見るものもなく、足は自然に石碑の前に向かった。

――A町侵略撃退記念碑――

刻まれた文字に、目が釘付《くぎづ》けになる。そんな諍《いさか》いの歴史を習った覚えはなかった。石碑のまわりを巡ってみるが、普通なら刻まれているはずの建立年が、どこにも見当たらない。

立ち尽くす聡美の横に、いつのまにか一人の男性が立っていた。八十代と思《おぼ》しき老人だ。

「この石碑は、百年以上前に建てられたものだ。かつてA市の前身であるA町は、C村の領地を奪うべく幾度も侵略して来た。それを撃退したことを記念して建立されたものだよ」

老人は石碑の来歴を披露してくれた。

「どう見ても、つい最近造られた石碑に見えますが」

「確かに、今はそう見えるかもしれないね」

老人は聡美の言葉を否定しなかった。

「だが数年もすれば、風雨に晒され、苔生《こけむ》し、いつ造られたかなど判別できなくなるだろう。否定することができなければ、それが史実としてまかり通るようになる」

「それでは、A町の侵略は真実ではないと？」

「歴史上に、真実というものは存在しない。史実はあるがね」

「真実と史実は、どう違うんですか？」

「史実とは、具体的な歴史資料によって、それが確からしいと認められたものだ。真実ではない」

聡美の納得できていない表情に、老人はたとえ話を始める。

「四百年ほど前、この国に船でやって来た国がある。その国の歴史の教科書には今も、この国を『発見』したと記されているそうだよ。我々はそのずっと前から、この地に住み続けているというのにね」

「何が言いたいんですか？」

「言いたいことは二つだよ。一つは、史実とは誰かの視点によって定まった一方的なものでしかないということ」

「もう一つは？」

「言い続ければ、それが真実になる、ということだ」

老人は石碑の文字を誇らしげに見つめ、悪びれもしない。

「真実とは、定まった形をしているわけではない。人々に無意識のうちに刷り込まれた情報が寄り集まり、真実として固定化される」

知れば知るほど、統合の「真実」から遠ざかっている気がしていた聡美にとっては、別の形の解答となる言葉だった。

「それは、A市とC町の統合のことも表しているんでしょうか？」

老人は初めて、聡美と向き合った。

「君は、A市の住民かね？」

「十八歳まで住んでいました。今も実家はA市です」

「それでは、A市とこの町の統合については、思う所があるのではないかな？」

「はい……。色々な情報がありすぎて、何を信じればいいのかわからなくなってしまいました」

聡美は、今の思いを正直に口にした。

「もし、語られない真実があって、それを押し隠して進められているんだとしたら、私はこの統合に賛成することができません」

「巷《ちまた》では、C町がA市を乗っ取ろうとしているなどという妄想が吹聴《ふいちょう》されているようだが。もしそれが現実だとしてもだ……」

すでに事の大勢は決まっているのだとばかりに、老人は泰然としている。

「それが悪いことかね？」

「捏造された真実で統合を進めるのであれば、それは、A市の市民も、C町の町民も裏切る事になります」

「捏造された真実……か」

聡美の言葉を吟味するように、彼は嗄《しわが》れた声で繰り返す。

「今の世の中、そうした裏の操作が存在せず、純粋に民意だけによって形成されたものが、果たして存在するのかね？」

「どういう意味ですか？」

「世の中でブームになるものを考えてみたまえ。お膳立てされたものばかりではないか。マスコミによる流行なるものの捏造が横行する中で、自然に盛り上がったものなど一つも存在しないだろう。ただの一つもね」

世の中の摂理を説くように迷いなく、よどみない口ぶりだ。

テレビや雑誌で、新人アイドルが突然持ち上げられることはよくある。それは「人気者だから」ではなく「人気者にする」べく仕組まれたものだ。誰しもそれに薄々感づいていながら、反抗するだけの価値判断を働かせもせず、「ゴリ押し」を容認している。

「今までがそうだった以上、声高にあげつらうというのはおかしなものだね。今回に限って文句を言うとは、不自然な話ではないかな」

聡美は言葉に詰まってしまう。

「ですが……、たとえ捏造があっても、私たち大人は情報を取捨選択して選び取ることができます。しかし子どもたちはどうでしょう？　与えられた情報をそのまま信じざるを得ない彼らには、一種の洗脳として、誤った情報が刷り込まれてしまうのではないですか？」

子どもゆえの潔癖さで、C町への罪悪感を植え付けられたアキラ君の姿が浮かんだ。

「なるほど、言っていることは正しい。だが……」

老人の視線は、聡美を値踏みするようだった。

「君はそこまで、郷土愛なるものを持ち合わせているのかね？」

「それは、もちろん……」

声に自信を込めることはできなかった。つい最近市史を見て、自分がいかに故郷について無知だったかを思い知ったばかりだ。

「君は今まで、生まれ故郷を守るために何をやって来た？　少しずつ住みづらくなっていくことに目をつぶって、快楽や便利さばかりを追求してはいなかったか？　必要な場所を守るためには、きれい事だけでは通用しない。根回しや懐柔、長年の潜入、諜《ちょう》報《ほう》……。時に自らの心を偽り、主義主張に反してでも行動する忍耐力。そうした様々な犠牲を払って、ようやくつかめるものなのだよ」

　自らが乗り越えてきた苦難の日々を振り返るようだ。眉間の皺は、深い苦渋によって刻まれたものだろうか。

「君たちが楽しいことへ、楽な方へとうつつを抜かす中、我々は何十年もかけて準備を進めて来た。今さらその流れが、覆せると思っているのかね」

「準備を進めて来た……？」

　改めて老人に向き合う。長く策謀の中に生きて来たことを表す、真意をつかませない風貌に、誰かが重なる気がした。

「歴史上の変化は、ある日突然変わるかに見えて、変化に至る背後には、小さな綻《ほころ》びや、確認の怠り、見落としがあるものだ。ダムの決壊は一気に訪れても、その背後には、長い長い瑕疵《かし》の積み重ねがあるものだよ」

　それがC町によるA市の乗っ取りを意味しているのは明白だった。

「それは反対運動にも言える気がします。反対派は今は沈静化していますが、C町への反感や悪意は、小さな亀裂となって市民の中に根強く残るはずです。それはいつかまた、ダムの決壊のように一気に表面化するのではないでしょうか？」

「あり得るだろうね」

　老人は、むしろその時を待ち構えるようでもある。

「これは戦争なのだよ。勝ち負けはほんの一時のものでしかない。勝利が慢心につながり次の勝利を遠ざけ、敗北が雌伏の時となって敗者の牙を研ぐ。歴史を俯瞰して見る事ができる者であっても、戦争の勝ち負けを審判することは難しいだろう」

長い「戦い」の日々を潜り抜けて来ただろう老人は、自らを勝者とも敗者ともしていない。

「この町は、これからどうなるんでしょうか？」

「A市と統合したら、ということかね？」

聡美は老人が、「もちろん、良くなるとも」と即答すると思っていた。だが彼はしばらく黙り込み、空を見上げた。

「統合が吉と出るか、凶と出るかは、誰にもわからんよ」

未来をつくり出そうとする、はっきりとした意志を漂わせる。聡美にとってそれは、とどめることのできない「力」に感じられた。

「ところで、逆に君に問いたいのだが……」

刻んできた年輪の下に老獪《ろうかい》さを封じ、老人は穏やかに聡美を見つめた。

「そんな風に統合の裏の偽りや謀《たばか》りを気にしてしまうのは、他ならぬ君自身の中に、偽りがあるからではないのかね？」

「それは……」

心の内に柔らかく入り込み、鋭くえぐる言葉だった。

「誰もが、語られる事のない真実を胸に、それぞれの目指す方向に進んでゆくものだよ。その道筋が交われば諍いも起こり、時に融和することもある。人と人がそうであるように、町や市もまた同様だ」

統合を、そして聡美の心のわだかまりをも見通すようだ。

「偽りを恥じて立ち竦むか、偽りすらをも糧として前へ進むか……。それは君自身が決めねばならんことだよ」

老人は石碑を守るように立つ古木を見上げ、去って行った。

聡美はようやく既視感の源に気付く。その横顔、そして語り口は、フェスティバルで見た副市長の姿を彷彿《ほうふつ》とさせる。もしかすると老人は、三十年前の、A市の弓田市長ではなかったのだろうか？

「侵略」という史実を背負わされた石碑の前で、老人がしたように古木を見上げた。

「これは……楠？」

かつて聡美が最期を見届けた楠と、まるで双子のような姿で、古木は鎮座していた。太い根は猛禽類《もうきんるい》が鉤爪《かぎづめ》で地面を鷲《わし》づかみするように盤石で、それが倒れる時が来るなど想像すら及ばなかった。

◇

平日午後のペデストリアンデッキは、人通りもまばらだった。この街の向かう先が、平坦《へいたん》なように見えて実は、なだらかな下り坂であるということを如実に表すようだ。

——ここから、始まったんだ……

和人と再会した日、聡美はこうして駅前の風景を見渡していた。あの時は単に、高校生の頃との違いに寂しさを感じていただけだった。

統合の「真実」に透明な壁で隔てられたまま、聡美は再びここにやって来た。

——C町との行政単位統合を成功させよう！——

垂れ幕は、聡美の統合への思いの変化も、反対派の盛衰も知りもせず、変わらずはためき続けていた。

見上げる高さはちょうど、楠と同じだった。それは切り倒されたA市の楠であり、今も残り続けるC町の楠でもあった。根付いた場所によって、楠は大きく運命を分かたれた。

切り倒され根を失った楠は、今の自分そっくりだ。街の衰退を傍観し、見て見ぬふりをし続けてきた聡美は、街の変化を甘んじて受け入れるしかない。

高校生の頃を思い出す。楠を守るべく、チラシを配り、署名活動をやっていた自分を。自らの思いが、行動が、この世の中に何らかの変化を生み出すのだと無自覚に信じていた自分を。

聡美は、かつて楠の梢を見上げたように、垂れ幕を見上げ続けた。もう戻れないのだ。楠も聡美も、あの頃の姿には……。

目の前を人々が通り過ぎてゆく。無表情という「お面」で顔を覆い、心の内を聡美に見せようとはしない、無名の市民たちが。

一人が、ふと立ち止まる。制服を着た女子高生だ。時計台の下に立った彼女は顔を上げ、長い間垂れ幕と対峙していた。初めて和人に会った頃の自分の姿に重なる。

やがて彼女は、鞄の中から取り出したものを、意を決したようにごみ箱に投げ捨てた。立ち去る後ろ姿に、聡美は自らも経験した「痛み」を読み取った。それは若さゆえの一途《いち》さであり、一途《ず》さゆえの挫折ではなかったか。聡美はごみを捨てるふりをしながら、彼女が何を捨てたのかを確認してみる。

――これは！

くしゃくしゃに丸められた紙屑《かみくず》は、反対派がトイレに「置き忘れ」ていたチラシ、そして、目と耳と口を手で塞いだ「合わサルちゃん」のお面だった。あの女の子は、姿を見せない反対派の一人だったのだ。

彼らの姿が少しでも「見えた」ことに、かすかな希望を感じた。今、反対派はすべての活動の手立てを封じられ、まさに「見ざる・言わざる・聞かざる」の状態だ。あの女の子に、統合の真実を見る目を、自由に語れる口を、偏りのない情報を聞き分ける耳を、取り戻してほしかった。それによって自分も、長い間失っていた「根」を取り戻せる気がした。

反対運動に、まっすぐな思いで向き合うことはできない。反対派にとっても、邪《よこしま》な気持ちで聡美に参加してほしくはないだろう。

それでも聡美は今、動き出そうと思った。

まっすぐなスプーンは、揺らせば錯覚で曲がって見える。だとすれば逆に、曲がったスプーンは、揺らせば「まっすぐに」見えるのではないだろうか?

傍観者であることは、真実と無関係であることではない。真実を求めようとしない者は、被害者であり、加害者でもあり得るということを、聡美はこの「戦い」から学んだ。

そこから始めよう。自分の「根」を取り戻すために。

聡美はずっと、和人へのわだかまりを抱え込んでいた。楠の最期を見届けもせず、聡美一人に挫折を背負い込ませたと。だが、和人自身も、手痛い挫折を経験していたのだ。

それでも彼は、「根」を失わず、市役所で孤独な戦いを開始しようとしている。もしかすると和人は、聡美に外からの「共闘」を望んでいるのかもしれない。

バッグの中からデータメディアを取り出した。「Ｋｕｓｕｎｏｋｉ18」と名付けた、容易く掌に収まるちっぽけなものが、反対派、A市、C町の運命を大きく揺るがす爆弾の起爆装置だった。聡美はデータの行方に、自らの運命を託してみようと思った。

ネット上で映像を公開したとしても、それが反対派にとって起死回生の一撃になるとは限らない。このまま何も変えられず、反対派は消え去る運命なのかもしれない。だけど万が一、データによって反対派が勢力を盛り返し、統合に向けた流れが変わるなら……。その時は、聡美は「根」を取り戻し、自分の足で、目指す方向へと歩いてゆこう。その先に何が待ち受けているのかは、今はわからないけれど。

聡美はデータメディアを握りしめ、向かい来る風を確かめるように、はためく垂れ幕を見上げた。

# 戦争研修

「何とか、三千円ずつの分納で、お願いできませんでしょうか」

係長が、普段の仕事では考えられない、おもねるような態度で腰を折り、私も同じ角度でそれに倣《なら》う。

税金滞納者への訪問督促は、義務の不履行者に対するのだから、本来ならもっと強気に出てもよいはずだが、そこは「皆様の税金によって」糧《かて》を得る公僕の性《さが》である。明るすぎず、かといって卑屈になることもなく、まずは相手の懐《ふところ》に入ることを第一として接する。何百件と滞納徴収に回るうちに、自《おの》ずと身につけた職業姿勢だ。

「まあ、払わないとは言わんよ。だがね……」

自宅兼事務所の雑然とした玄関で私たちを迎えた工務店の社長は、夕食時に訪れたこともあって、あからさまに迷惑げだった。

「談合だの裏金だのって、私ら庶民の払った血税がまっとうに使われないようじゃ、こっちも払う気なくなるわなぁ」

「庶民」という立場を絶対的な正義として振りかざす当《あ》て擦《こす》りは、もはや定番すぎて感情が波立つことはない。それでも私と係長は条件反射として、相手の思いを付度《そんたく》した表情を顔に貼り付ける。

「公務員の相次ぐ不祥事につきましては、大変お騒がせいたしまして、申し訳なく思っております」

私は融通の利かない公務員然とした口調を殊更《ことさら》に強調した。

「確かにそういった事例も全国にはございます。ですが、私ども舞坂町《まいさかちょう》では、不祥事などというものは決して起こさないよう細心の注意を払い、住民本位の町政を行っているつもりでございます。税の公平性を保つためにも、皆様に適切な税負担をしていただきたく、ご協力をお願い申し上げます」

相手の表情に苛立《いらだ》ちの色を察し、すかさず係長が割って入る。

「まあ、そういった事件でお腹立ちなのはごもっともでございます。ですが社長、こうしてお願いに上がるのも四度目でもございますので、なんとか少しずつでも、お支払いいただけないでしょうかねえ」

私が杓子定規《しやくしじようぎ》に役場の立場を説明し、なだめに入った係長が人情に訴える。意識するまでもなくできあがった役割分担だ。腕組みをした社長は、工具油で汚れた親指で顎を撫《な》でながら、どう「お役人」をやり込めようかと考える様子だった。

「あんたら税金で安穏《あんのん》と生活してる人間にゃわからんだろうが、こっちは毎日かつかつで暮らしてるんだ。いきなり来て払えって言われても、財布の中はすっからかんなんだよ」

ガレージにとめられた高級車と、玄関脇のゴルフバッグが、その言葉を白々しく響かせたが、こちらから指摘することなどできるはずもない。

消化試合のような展望のないやり取りを続けた後、頃あいを見計らって係長が暇《いとま》を告げる。

「まあ、あんたたちも、大変だな」

一礼して去る私たちの背に、男性がようやく打ち解けた言葉を向ける。係長と私は、振り返って黙礼した。

公用車の助手席で、私は訪問督促記録表に記入する。運転席の係長は、狭い車内で天井に腕をつかえさせながら大きな伸びをした。

「あと一回行けば払ってくれそうだな」

「そうですね」

エアコンからの煙草《たばこ》臭い空気を浴びながら、私たちはから元気のように声を弾ませた。時間外の訪問督促は決して愉快な仕事ではない。無理やりにでも気分を盛り上げたくなるのも自然な心の動きだった。

「二人で、都合四回足を運んだわけだ。そうすると、三千円を徴収するのに二人の残業代が……」

計算はすぐにできたが、口にするのは控えた。費用対効果が逆転する結果になっていても、税の公平性を保つためには、「逃げ得」を許すわけにはいかないのだ。

もちろん矛盾は感じる。だが、公務員の仕事に限らず、この社会に矛盾はいくらでもある。とはいえ、そうした社会の歪《ゆが》みに、自分の仕事のやり甲斐《がい》の無さを類型化しようとするのも、心の中で何らかのバランスを求めている証《あかし》なのだろう。「姉貴は公務員って仕事が天職かもな」という弟の言葉を思い出して、窓の外を見つめたまま、歪んだ笑いを浮かべてしまう。

「あの家の噂《うわさ》、聞いたことあるかい？」

信号待ちで、係長がガソリンスタンドの横の家を指差す。木造モルタルの、何の変哲もない一軒家だった。

「いえ……。何かあるんですか」

仕事柄、「要注意人物」の町内マップは脳内にあるが、その家に心当たりはなかった。

「32の6」

「え？」

「森《もり》見町《みちよう》からの32節の6だって言われているんだけどね」

32節の6。公務員だけにわかる符丁、「諜報費《ちようほうひ》」の予算内訳だった。隣接する森見町からの潜入調査員の宿舎として用いられているということらしい。

「森見町も、もうすぐ町長選挙だ。現町長は引退を表明しているし、となり町との関係にも変化があるかもしれないな」

窓からの明かりに人影が揺らいだ。その家では、いったいどんな「諜報活動」が行われているのだろうか。


役場の自席に戻ると、閉じたパソコンの上に回覧文書が山積みになっていた。翌日まわしにしようかとも思ったが、朝イチから週締めのデータ入力チェックで慌《あわただ》しいことを思い出し、ため息をついて椅子に座る。

メールの打ち出しや、他町役場からの照会文書の回答、職員共済のお知らせ、町関連の新聞記事の切り抜き。それらを機械的にチェックしていく。

最後の文書は「研修のお知らせ」だった。役場というのは、実に様々な研修があるものだ。人権研修、手話研修、ISO研修、行政実務研修……。出席者欄には、私の名前が手書きで記されていた。もちろん研修は興味がある者が受けていいのだが、実際のところは希望者などいるわけもなく、一種の動員として順番が回ってくる。今回は私の番、というわけだ。

周辺四町の若手職員で不定期に開催されている行政実務研修の案内だった。私は誰にともなく、記された研修名を呟《つぶや》いた。

「四町合同、戦争事業実務研修……」

◇

研修会場である森見町役場の会議室には、三十人ほどの職員が所在なさげに座っていた。若手職員が対象の研修ではあるが、見渡すと四十代と思《おぼ》しき姿もあった。

四つの町は、近接しているというだけで、大きさも人口規模も様々だ。当然、小さい町は職員数も少なく、「若手」の許容範囲も広くなる。

席は決められていなかった。どこに座ろうかと考えていると、前から三番目の席で、以前同じ職場だった園田さんが手招きしていた。

「園田さんも、研修あたっちゃったんですね」

「そう。私なんかが若手の研修に行っていいのかなって不安だったけど、他の町の参加者見て安心してたトコ」

首をすくめて周囲を窺《うかが》う園田さんは、声を潜めたまま耳打ちしてくる。

「今回の研修って、森見町から急に話があがったそうだよ」

「そうなんですか」

通常、四町研修は職員の夏休み取得期間で出席率が低下しがちな七月から九月にかけては開催されないので、裏事情があるだろうことは察せられた。

「森見町も、町長選挙前でいろいろと動きがあるみたいね」

ゴシップネタ的に裏事情を詮索することは好まなかったので、あいまいに頷《うなず》きながら、研修内容についてのレジュメに目を通す。毎週木曜日、お盆の期間の一週のお休みを挟んで、計四回の研修だった。

開始時間になり、森見町の総務課の職員が姿を見せた。研修初日は、戦争事業先進地から講師を招いての講演だった。講師は、国内初の自治体間戦争事業を実施した旧平牧《ひらまき》町《ちょう》（現平牧市）の戦争推進課長を務めた田辺氏だ。戦争事業の成功以後、依頼が引きもきらず、年に三十回は講演をこなしているというから、話しぶりも手馴《てな》れたものだった。

「戦争事業の、他の事業と比較した優位性については、皆さん理解していただいていることと思いますので、ここでは説明は割愛させていただきます」

もちろん、私たち自治体職員にとっては、戦争事業の優位性は説明を受けるまでもない。

国五割、県四割の補助金が交付されるため、実質上は自治体一割負担で事業が可能であること。他の事業と異なり、「戦時特別会計」を組むことができるため、事業の独立性が保たれ、戦争という流動的要素を含んだ事業であっても予算計上が比較的容易であること。戦時公債の発行により安定財源が確保できることなど、利点は多々ある。

だが、戦争事業への自治体の注目は、制度上の優遇による「着手のしやすさ」にとどまらず、実施自治体において確実に効果が上がってきた実績があるからに他ならない。住民の帰属意識の強化とそれによる税収アップや、事業をきっかけとした町民の積極的な町政参加など、数値として効果が如実に表れる事業は、自治体としても取り組みやすい。

「事業開始にあたってはまず、何を目的として戦争をするのか、という点を明確にしていただきたい。闇雲に始めても得るものはありません。もちろん、自治体に生じる効果はさまざまです。何を重視するかによって、事業への取り組み方は変わってきます」

田辺氏の指摘は的を射たものだった。旧平牧町が戦争により結果的に隣接三市町を「併合」したことによって、戦争事業が行財政改革の安易な切り札としてもてはやされてしまった現状への、先駆自治体ならではの警句であろう。

戦争　≠　敵対・殺し合い
戦争　＝　連携・共同事業　↓　目標達成

ホワイトボードに大きく記して、田辺氏は私たちに向き直った。

「肝心なことは、戦争という事業だからこそ、自治体同士が緊密に連携し合って事業を推進しなければならないということです。皆さんが戦争を行うのは、敵対するためでも、ましてや殺し合うためでもないはずです。事業の先にある、もっと大きな、地域のあるべき姿を常に描きながら、自治体間の共同事業としての戦争を進めていただきたいと、そう願います」

事業を成し遂げた誇りと自信とに裏打ちされた言葉には説得力があった。要点を書きとめながら、私はふと違和感を覚えて、背後を振り返った。

見知った顔、見知らぬ顔が、それぞれの態度で講演に臨んでいた。内容自体に興味を持ち自ら参加した者。動員とはいえせっかくだからと真剣に聞く者。ノルマとあきらめて、ひたすら時の経《た》つのを待ち続ける者。

戦争事業に取り組むとしたら、他町の職員は「敵」となるのだ。それなのに今は、合同で戦争事業について学んでいる。彼らと、戦争を「共同事業遂行」という言葉に置き換えて戦う時のことは、想像もつかなかった。

◇

帰宅して玄関を開けると、暗い廊下に人の気配を感じた。ぎょっとして壁のスイッチで明かりをつけると、靴を手にして忍び足風の怪しい姿が立っていた。

「なんだ、智希《ともき》か。びっくりさせないでよ。帰ってたの？」

「もう夏休みだからね」

弟の方も、私とわかってホッとした様子だ。私は廊下の奥に耳を澄ました。

「おじい様は、まだ帰ってらっしゃらないみたいね」

「わかってるよ。でなきゃ俺がこの家に足を向けるわけないだろう？」

不在でもなお、この家に磁場のように影響力を放ち続ける存在。今もその「支配」を逃れ得ぬことを確認し合い、自嘲ぎみの笑顔を向け合う。

「今夜はどうするの。私の部屋にこっそり泊まる？」

首都の大学への合格と同時に、弟は勘当同然で家を飛び出した。かつてこの家に住んでいたという記憶すら忌々《いまいま》しいのか、祖父は弟の部屋を物置にしてしまった。

「いや、こっちで住み込みのバイト見つけたんだ。今日は母さんと姉貴の顔を見に来ただけだよ」

「そう……。夏休みだってのに大変だね」

たくましく生きる姿を頼もしく思うと同時に、一抹の寂しさを感じないでもない。泣きながら私の後をついてきた幼い頃の弟を思い出す。

「金稼がなきゃね。九月に彼女と南の島で落ち合うんだ」

私の思いなど知る由もなく、智希の声は明るい。

「そうか、彼女ができたんだったね。鳴海《なるみ》さん、だったっけ？」

首都圏の大学を横断して組織されたサークルで知り合ったことはメールで知らされていた。智希が送ってきた写真の中で、弟に寄り添って立つ女性の伸びやかな笑顔は、姉の私から見ても好ましかった。

家の前に、車が横付けされた。高級車ならではの独特のエンジン音に、思わず顔を見合わせる。

「おじい様みたいね」

「うわっ、やばい！　姉貴、じゃあまたな」

智希は靴を持ったまま私の部屋に駆け込むと、窓から飛び出して行った。

◇

戦争事業実務研修も二回目を迎えた。今日の講師は、この地域で戦争業務全般を請け負うコンサルティング会社の社員だった。

「戦争事業と一口に申しましても、その遂行方法につきましては、自治体様によりさまざまでございます」

まだ三十代半ばであろうに、みごとに頭髪が後退した男性は、長年の営業トークによってすっかり身に染み付いてしまったと思われる、丁寧すぎる言葉づかいで話を進めた。

「私どもが受注いたしました過去の事例ですと、経理、総務、法制部門を自治体様で管理し、事業計画立案や人員管理を業務委託されるケースが一般的でございます。中には、期間限定の公社組織等を作っての包括的な事業委託、という自治体様もございました。最近の傾向といたしましては、敵対する二自治体で同一の業者に委託することにより、委託費用の削減を図る事例が多くなっております。戦争事業は、自治体様への広がりに伴い、各業界からの進出がめざましい分野ですので、業者間での競争により、今後一層、体系化、習熟化が進むものと思われます」

私はホワイトボードの記述と講師の言葉とを要約して、レジュメの余白に書き込んでゆく。大学の頃、単位取得のためだけに出ていた授業を思い出してしまう。

1. 兵士の募集、訓練、編制に関わる業務
2. 武器および備品の補給に関わる業務
3. 戦況把握システム構築に関わる業務
4. 交流イベント開催に関わる業務

講師の男性は、独特の奇妙な持ち方でマーカーを握り込み、こちらを向いたまま器用にホワイトボードに文字を記した。

「交流イベント開催につきましては、現在委託が禁じられておりますイベント用備品調達に関しましても、今後規制緩和の流れにより見直しがなされる模様となっております。これにより、本日お集まりの自治体様が事業着手されます頃には、より簡便な手続きにより委託が可能となってくることと思われます」

戦争事業においては、実際の戦闘は「交流イベント」という表現に置き換えられる。銃などの武器は「交流イベント用備品」であり、戦死者は「交流イベント関連補償対象者」だ。

行政用語がわかりづらいのは今に始まったことではない。旧来の用語も、近年のカタカナ語も批判の対象となり、少しずつ改善されてきてはいる。だが、戦争事業における用語の「わかりづらさ」は、事業にまつわる生々しさを糊塗《こと》するための意図的なものだ。憤りを小さなため息で追い出して、義務感だけで文字を書き写す。

前回と同様、一番前に一人で座っている男性が、質問の手を挙げた。

「戦況把握システムについては、今後地図情報システムと連動した形が一般化すると思いますが、ネックになっているのが、旧来各自治体で導入しているシステムとリンクさせない単体導入しか認められていない点かと思います。その点についても今後緩和の方向性で動きそうでしょうか？　政府諮問《しもん》機関である自治体間戦争調査委員会……いわゆる『戦調』に民間からの情報通信関連企業ＯＢの招聘《しょうへい》があれば状況が変わるかと思いますが、可能性としてはいかがでしょうか」

そこまで専門的な質問が出るとは思っていなかったらしく、講師の男性は余裕を失った表情で居住まいを正した。

「……そう……ですね。実際のところ、戦争業務におけるマッピングの重要性が指摘されだしたのはここ最近のことでして……。私共も来年の戦調の委員交代に期待しているところでございます。しかし、よく勉強していらっしゃいますね」

「それから」

背中だけを見せる男性は、講師のほめ言葉など聞く耳を持たずに畳みかける。質問の形式を借りてはいるが、講師の資質を問うかのようだ。

「イベント成果物の簡易処分に関する法律の施行については、野党側の反発もあり今国会での議案化は当面難しい状況のようですが、今後の法制化の進み具合について、環境庁側の族議員の動きを含めて、情報はどこまでつかんでおられますか」

「え……はい、それに関しましては」

講師の男性は、手元の資料をせわしなげにめくる。うろたえようから、情報を持っていないのは明らかであった。受講者たちは気まずく視線を交わしあうが、もちろん一人で一番前に座る男性には伝わるはずもなかった。

「戦争コンサルであれば、当然、政府戦調への付託事項から今後の方向性についても把握しておられるのでしょう？」

「は……あの」

「あなたもお金をもらってこの研修の講師を引き受けたのでしたら、もう少し勉強して臨むべきではないでしょうか？」

丁寧すぎる物言いは、場合によっては、相手を威圧する手段ともなり得る。

「は……申し訳ございません」

講師の男性は恐縮しきった表情で、広がった額に浮かんだ汗をハンカチで拭っていた。

「公務員に対する風当たりの強い昨今です。税金の使い方に関しては今後ますます住民の監視の目は強まってきます。ただでさえ戦争事業は微妙な問題を含んでいます。効果的に、効率的に事業を行っていけるよう、この研修を設定しているのですから、どうぞご協力をよろしくお願いします」

講師に向けられた言葉のはずが、なぜか私自身に向けられている気分になる。

◇

若手職員が集まった機会に親睦の飲み会をしようと、一回目の研修後に誰かが言い出し、この日はそれが実現した。

森見町役場から程近い居酒屋の二階の座敷に、二十人ほどが集まった。最初は町ごとの席順で静かな酒宴だったが、お酒が入るにつれ輪は崩れ、あちこちで新たなグループができて盛り上がっていた。お義理で顔だけ出して途中で退席しようと考えていた私は、入口近くに園田さんと並んで座り、控えめに周囲を見渡していた。

「ほら、さっき質問した人。結構有名人らしいよ。森見町の杉田議員の息子なんだって」

「そうなんですか」

車で来ていた私は、ウーロン茶のグラスを手に、後ろ姿ばかりが印象に残っている男性の表情を初めて垣間見る。

杉田さんは、飲み会の輪から離れて壁に寄りかかり、手酌でビールを飲みながら書類に目を通していた。先ほどの講師から講習後にもらった、戦争事業に関する資料だろう。

私より五歳ほど年上だろうか。少し神経質そうではあるが、理知的な面立ちだった。

だが、その表情のほんの一枚下に、したたかさを隠し持っているようにも思えた。

「首都の有名大学出てて、優秀な人材らしいけど、あんな人と一緒の職場になったら、やりにくそうだねえ」

園田さんが、周りに聞こえぬように声を潜める。

杉田さんの周りには、森見町の職員も寄り付こうとはしない。議員の息子という立場のせいか、性格によるものかはわからないが、周囲も、そして本人自身も、見えない壁を築いているようだ。町役場という職場でそのスタンスを維持し続けていくのは、さまざまな困難を伴うであろうことは予想できた。

グラスごしにぼんやり眺めていると、気配に気付いたのか杉田さんが書類から顔を上げた。私は慌てて視線をそらした。

頃合いを見計らい、暇を告げるきっかけにとトイレに立つ。トイレは奥まった場所にあり、杉田さんの前を横切ると、彼は相変わらず熱心に資料をめくっていた。とはいえ注ぐ視線に熱はなく、単に知識としてデータを取り込んでいるだけのように思えた。私は自分でも判然としないまま、彼の前に座ってしまった。

杉田さんは、さして驚いた風もなく資料から顔を上げた。目の前に座る私すらも、取り込むべきデータかどうかを見極めるように。

「戦争事業について、ずいぶんお詳しいんですね」

「自分の町が将来関わるかもしれない事業です。情報を集めておくに越したことはありませんから」

冷淡でもなく、かと言って事務的でもない、感情の機微を読み取らせない声と表情だ。

話しかけたことを軽く後悔しかけたが、それを察してか、切り替えたような穏やかな笑顔が向けられた。

「飲まないんですか?」

「あ、はい。車ですから」

彼の空のグラスに、私はビールを注いだ。

「舞坂町の方ですね。今回の研修は、希望して受けられたのですか?」

彼はお酒に強いのか、口調にも態度にも、酔いの色をまったく見せなかった。

「はい……、と言いたいところですが、残念ながら、研修の順番が回ってきたからっていうだけで。すみません」

熱心に研修に取り組む彼の前で、正直に告げるのは申し訳ない気持ちになってしまい、語尾を濁してしまう。彼は苦笑しながら首を振った。

「まあ、今回の研修は、森見町の方から三町に持ちかけた話ですからね。ですが、きっかけはともあれ、せっかく参加しているんですから、何がしかの成果を持ち帰っていただければありがたいですね」

「はい」

それからは、仕事を離れていろいろな話をした。彼が学生時代に住んでいた街が弟の大学に近いことがわかり、予想以上に話が弾んでしまった。

森見町の職員たちが、時折詮索するような視線を向けてきたが、杉田さんは気にする風もなかった。


役場の駐車場から車を出し、しばらく走ったところで、ヘッドライトの中に人影が浮かんだ。杉田さんだ。

「お疲れ様です。ご自宅までは近いんですか？」

窓を開けて声をかけると、彼は少し驚いた風に足を止めた。

「そう近くもありませんけどね。まあ、酔《よ》い醒《ざ》ましにゆっくり歩いて帰りますよ」

彼は一礼して、再び歩き出そうとする。

「よかったら、乗っていかれませんか」

私の提案を吟味するように、杉田さんは小首をかしげたまま頷いた。

「では、お言葉に甘えさせてもらいます」

助手席に座った彼に、大まかな家の場所を聞いて車を進めた。信号待ちで横顔をうかがうが、彼は待機状態のロボットのように前を向いたまま動きを止め、話しかけてくる気配もなかった。黙っているのも気詰まりになり、私の方から話の水を向ける。

「杉田さんは、どうして役場で働こうと思ったんですか」

「どういう意味でしょうか」

「いえ、首都の大学を出られたとお伺いしたので、この町に帰ってきて公務員になるって選択肢は、あまりないのかな、と思って」

「この町が好きだから、という理由では納得してもらえないでしょうか」

「正直に言って……」

怒らせはしないだろうと予想しながらも、慎重に言葉を選んだ。

「杉田さんは、思ってらっしゃることも、思ってらっしゃらないことも、まったく同じ表情で言いそうなので、本心をつかむことは難しそうです」

杉田さんは、ヘッドライトの光の先に視線を据えたまま、喉の奥で笑った。

「まあ、私の場合、父が特殊な仕事についている事情もあって、選択肢は限られていたわけですが、最終的には、やはり生まれ育った町への愛着、でしょうか」

車は森見町の中心街を走る。目抜き通りとはいえ、長くシャッターを閉ざした商店も多い。街路灯の煌々《こうこう》とした明かりが、町の衰退を容赦なく暴き立てるようだ。

「この通りも、空き店舗が目立ちますね。舞坂町も同様でしょうが、町を活性化させる切り札が必要なんです」

まっすぐなレールを敷こうとするような、自らに曲がることを許さぬ強い意志だ。宴会の席で、自分でも判然としないまま彼の前に座った理由がわかった。弟に似ているのだ。方向性こそ違え、その一途《いちず》さ、求めるものへと向かう姿勢が。

杉田さんは通り沿いの一軒の家の光を追い、何事かを呟いた。

「何かおっしゃいました?」

聞こえない呟きを飲み下すように、彼はゆっくりと首を振った。それきり会話らしい会話もなく、車は森見町の住宅街の外れにさしかかった。

「このあたりで結構です。ありがとうございました」

路肩に車を止める。車を降りようとした彼は、言い忘れたことがあったように振り返った。

「研修もあと二回ですね。最後まで出てこられそうですか」

「はい、今のところそのつもりですけど」

何らかの意味を伴った沈黙の後、彼は私に「試しに浮かべてみた」といった塩梅《あんばい》の笑顔を向けた。

「そうですか、それは楽しみです」

言葉とは裏腹のそっけなさで、彼は車を降りた。互いにぎこちなく手を振り合う。距離感を測り合う儀式のようにも思えた。

窓越しにお辞儀をして、車を動かす。バックミラーの中で彼は、手も振らず直立不動で、私を見送っていた。

――この町が好きだから……

その台詞《せりふ》は、採用試験の面接で使ったきりだ。実際の仕事の日々は、その言葉を屈託なく口にすることを躊躇《ちゅうちょ》させたし、言う機会すらなかった。だからこそ、職員として「この町が好き」と素直に口にできる彼をうらやましく思うと同時に、違和感も覚える。

街路灯もない暗い通りで、ヘッドライトの中だけの限られた世界が移ろう。町境の「ようこそ舞坂へ」という掲示を通り過ぎたところで、私は思わず路肩に車を止めた。

彼の呟きは「32の6」。あの場所には、舞坂町からの潜入調査員の「宿舎」があったのだ。

◇

何百もの小さな光が、水面《みなも》に揺れている。人々は、手にした灯籠《とうろう》に火を灯《とも》して、河川敷に集まっていた。柔らかな光が一つ、また一つと岸から放たれる。引き寄せあうように一筋の流れになり、光の帯となってゆっくりと下流へ向かい流れてゆく。

過ぎ去りし時に刻まれた想《おも》いと共に送り出す、終《つい》の送り火だ。

屋台で買ったかき氷をシャクシャクとすくう弟は、私の浴衣《ゆかた》姿に珍しい動物でも見るようだ。

「どうしたの？　ジロジロ見て」

「姉貴もさぁ。せっかく浴衣着てるんだから、弟じゃなくって彼氏と来ればいいのに」

「可愛《かわい》い弟がこっそり帰省してるんだから、構ってあげないとね」

手にした団扇《うちわ》で弟の頭を軽くたたく。帰省中とはいえ、祖父の不在を見計らってしか家に寄り付けない弟とは、こんな時でもなければゆっくり話すこともできなかった。

「先週の夜、結構遅くに家に寄ったんだけど、姉貴帰ってなかったよな。彼氏でもできてデートかなって期待してたんだけど」

「ああ、木曜日ね。四町合同で行政実務研修があって、あの日は親睦の飲み会だったの」

「へえ、役場の職員ってのも結構大変なんだな。何の研修だったんだ？　賢い税金取立ての方法とか？」

「戦争」

「え？」

智希のかき氷をすくう手が止まった。

「戦争事業実務研修。自治体同士の戦争の仕方の研修を受けているの」

「戦争……するのか？　舞坂町も」

「どうだろうね。今の町には、戦争をする必然性はないでしょうね。もちろん町の行政方針は、首長の意向によってがらりと変わってしまうものだけれど」

それ以上は言わない。いや、言えない。舞坂町がずっと以前から戦争調査費という名目で予算を計上し続けていること。そして、となり町の森見町には、すでに潜入調査員が派遣されていることも。

「それで、研修でいったい何を学んでるんだ？」

「普通の行政実務研修と一緒だよ。事業の意義、効率的な進め方、事業の成果をどう町づくりに反映させていくか、なんてこと」

智希の呆《あき》れ顔《がお》は、私の予想と寸分違《たが》わなかった。

「効率的に、効果的に戦争をするっていうのか。姉貴、ホントにそれでいいのか？」

「いいも悪いもないわ。私たち一般の職員には、事業に矛盾や間違いがあったとしても、それを判断する権限はないし、たとえ自らの意思に反していても、業務として遂行しなければならない職務専念の義務があるの。そして、やると決まったら、やる方向性での理論と正当性とをつくりだすのが役場の仕事なのよ」

すっかり溶けてしまったかき氷を、智希は器を傾けて一気に喉に流し込んだ。川面の光のほとんどは、定めを受け入れるように川下へと従順な列を作るが、中には、列から離れ川上へと向かう異端な光もあった。

「姉貴もすっかり公務員になっちゃったな」

おどけた声だからこそ、弟の落胆が手に取るようにわかった。

「智希は相変わらずだね」

幼い頃、泣きじゃくる弟の手を引いて、この堤防を歩いた記憶がよみがえる。あの時はどうして泣いていたのだろうか。十年以上の時が経ち、もう弟は泣かないし、私が手を差し伸べることもない。

「おっと、じい様の登場だ」

智希は手をかざして、世話役が居並ぶテントを見下ろす。

人波から離れて堤防の上から光を眺めているのも、祖父と弟とを鉢合わせさせないためだ。テントの中の世話役たちが一斉に立ち上がり、不揃《ふぞろ》いなお辞儀の波が生じた。

「こんなトコにまで政治を持ち出しやがって」

憤りと共に吐き出された言葉は、わざと聞こえないふりをした。

精霊流しは舞坂町と森見町合同で行われている。舞坂町側と一通り挨拶を済ませた祖父に、森見町のテントに座るスーツの男性が近寄り、肩を抱くようにして何かを耳打ちしている。

「あれは、森見町の議員だな。確か……、杉田とかいったっけ」

「となり町のことまで、良く知ってるのね」

智希の勘当の原因となった市民団体での活動の成果なのだろう。弟の表情から、相手の存在を快く思っていないのはわかった。

弟が高校時代に市民団体の活動に関わっていたのは、祖父への反発もあっただろうが、何よりも純粋な正義感からであった。

だが、市民団体側が、弟が活動に参加しているということを恰好《かっこう》の宣伝材料としていたことも事実だ。それにより、祖父が多くの信頼を失ったことも。

「あの光の一つ一つが、命そのものの重みなんだ。光に込められた想いを、俺たちは裏切っちゃいけない。感じなきゃならないんだ。戦争の光を。音を。そして気配を」

弟の瞳は、光の向かい行く先を迷いなく見つめていた。

◇

研修最終日は、住民対応の実務研修だった。

森見町の総務課の係長が、手元の資料をめくりながら、課せられたノルマをクリアするためだけのように思えるやる気のない声で指示を出す。

「ええ……、あらかじめ住民側と職員側にグルーピングさせてもらっていますので、住民側になった皆さんは、こちらのカードをそれぞれ一枚引いてください」

住民側に振り分けられた私は、他の職員と共に並び、カードを受け取る。私の「役名」は、「交流イベントで家族を失った町民」だった。

用意された机を住民相談窓口に見立てて、職員側と住民側が向き合って座る。私に応対する職員役は杉田さんだった。住民対応時の「標準モード」ともいえそうな穏やかな表情で、町民役である私に椅子を勧めた。

「お亡くなりになったのは、どなたでしょうか」

「……弟です」

とっさに口に出た。弟が市民団体と活動を共にしていたのは、彼なりに舞坂の町を愛していたからだ。もし舞坂町が他の町と戦うことになれば、彼は躊躇なく銃を手にするだろう。

「弟様ですね。それではさっそくですが、イベント損害補償金の請求手続きについて説明させていただきます」

「いえ、補償金は必要ありません」

書類に落としていた無機質な視線が、そのまま私に向けられる。

「弟を返してください」

彼の手にしたボールペンが、中途半端に空中にかかげた形で止まった。

「失礼ですが、弟さんがお亡くなりになった理由というのは？」

「弟は、町兵として戦争に参加していました」

テーブルに腕を置いた杉田さんは、ゆっくりと頷いた。「家族を失った町民」を慮《おもんぱか》る憂い顔の裏で、そこから続く会話の流れと収束の方向性を見定めている。

役を交代したなら、私も公務員生活で培った同情の表情を顔に貼り付け、結論へと誘導するための話の流れを組み立てるだろう。生活が苦しいと訴える滞納者に、納付のお願いをする時のように。

「それでは弟さんは、納得された上で参加されていると思いますが？　参加誓約書をご記入されなければ、私共はイベント参加の許可は出さないはずですから」

誓約書のひな形が、私の方にむけて差し出された。

「イベント参加、ですか……」

彼の手際の良さが、システマティックに進められる戦争事業を象徴するようだ。

「どんなに戦争を『交流イベント』という言葉で言い換えても、住民同士が互いに銃を持ち、殺し合う行為に変わりはありません。あなたの手元の資料には、戦死者の数と、それに応じた補償金の額の数字が上がってくるだけでしょうが、統計に上がってくる数字の先にある、一つ一つの命の重さというものを理解されているのですか？」

精霊流しの光の一つに、弟が重なる。それはすぐに他の光と交じり合い、区別がつかなくなった。

「お言葉を返すようですが、我々は、殺し合うことを目的として事業を行っているわけではありません。戦争事業を実施するその過程において、死者が発生するというだけですから」

「あなたは、もし自分の家族が戦争で亡くなったとしても、その理屈で納得することができますか？」

「事業を実施する姿勢と、私個人の感情とを同一の次元で語ることはできません。私には職員としてこの業務を遂行する義務があり、そのことと、戦争で私の家族が被害を受けることとはまったく別問題です」

杉田さんの瞳は、風のない湖面のようだ。どんなに私が石を投げても、さざ波すら立てることはできそうもなかった。

気がつくと、まるで円形劇場の中心で演じているように、周囲の視線が集まっていた。杉田さん同様、私もまた役場の中では特殊な存在だ。二人がやり合えば、好奇の視線に晒《さら》されるのは当然だった。

固唾《かたず》を飲んで見守る観客の前で、杉田さんは模範的な職員を演じ続けた。

「それでは、補償金の話に移らせていただいてよろしいでしょうか」

◇

空港に向けて車を走らせる。九月の朝とはいえ、日差しはまだ夏の名残を感じさせた。窓を開けて川沿いの堤防道路を走ると、草いきれが襲い、風が髪を揺らした。助手席の智希は、私が買ってあげたサングラスをかけ、気分ははや、旅先に飛んでいるようだ。

「舞《まい》とは、三日後に向こうで落ち合うんだ」

「じゃあ、それまでは、一人で遊んでるの？」

「いや、ちょっと一人で見ておきたいものがあって……」

ずらしたサングラスからのぞいたのは、浮かれてはいない瞳だった。

「昔の戦争の跡を、訪ねてみたいと思ってさ」

リゾート地として名を馳《は》せる島の、もうひとつの側面だ。小学生の頃の、「教え込まれた記憶」が呼び覚まされる。弟の若さ故《ゆえ》の正義感は、エメラルドグリーンの海に、モノクロ写真の血に染まった海を重ねているのだろう。

「俺だって、戦争すべてを否定するつもりはないよ。もし舞坂が戦いの場になって、母さんや姉貴の命を守るためだったら、俺は銃を取るだろうね。ただ俺は、戦うんだったら、自分の戦う相手ってやつをしっかりと見極めたいんだ」

私は頷くことしかできなかった。正しいということは時に脆《もろ》く、危うい。弟のまっすぐな思いを好ましく思う以上に、最近は不安ばかりが募る。

川岸には、回収され損ねた灯籠の残骸が、光を失って打ち寄せられていた。

「おっと、森見町も『戦争』かぁ」

智希がバス停の背後に設置された掲示を振り返る。町長選挙のポスター掲示板だ。森見町で六期、二十年以上にわたって町政を司《つかさど》ってきた高科《たかしな》町長は、高齢により今期限りでの引退を表明していた。

久しぶりの町長選挙で、森見町では裏工作や陰の動きが活発化しているとのまことしやかな噂が飛び交っていた。今の私にとっては、こちらの方がよっぽど現実味のある「戦争」だった。

「姉貴。来るよ。正面」

反対車線に、選挙カーが姿を現した。黄色いTシャツを着た女性たちが、ワゴンから身を乗り出して手を振っている。

この地方の訛《なま》りを語尾に残したウグイス嬢が、異なる次元から持ち込んだような正義感を振りかざし、拡声器ごしに割れた声を響かせる。

「すぎたはるのぶ、すぎたはるのぶを、よろしくおねがいしまあああぁ……」

後部座席の白髪まじりの杉田氏は、清廉潔白を表す白い手袋をはめて手を振っていた。

にこやかな笑顔は、手袋と同様、その下の素の自分を覆い隠すためのものだろうか？

「空港前で降ろしてくれればいいよ」と遠慮する弟に構わず、搭乗待合室前まで見送る。旅行の後そのまま首都に戻る弟とは、またしばらく会えないことになる。最後まで見送りたかった。

「鳴海さんによろしくね。できれば一度お会いしたいな」

「ああ、きっと姉貴とも気が合うと思うよ」

サングラスをかけた智希は軽く手を上げ、待合室へと消えた。

◇

九月も半ばを過ぎ、高原の道路沿いの風景には、早くも秋の訪れを告げる色がちりばめられていた。

遠い記憶を頼りに、車を走らせる。ワインディングロードの半ばで、文字の消えかけた駐車場の看板を見つけ、慌ててブレーキを踏んだ。訪れる者もあまりいないようで、駐車枠の白線すら定かではない。

一台の車が止まっていた。車を降りると、森の中の遊歩道から戻って来た先客と出くわす。思いもよらない相手だった。

「こんな所で会うとは思いませんでした」

「杉田さん……。どうしてここに？」

彼は肩をすくめるようにして、背後に広がる針葉樹の森を振り返った。

「父の必勝祈願ということで株分けしてもらっていましたから、今日はお礼参りといった所です」

その言葉を聞いて、私は居住まいを正して一礼する。

「お父様、町長ご就任だそうですね。おめでとうございます」

私の祝福を受け止めかねるように、彼はやんわりと首を振った。

「私としてはやりにくくなるんですけれどね。周りの連中は、議員の息子という以上に、要らぬ気を使うでしょうからね」

「あまりそんなことには気を使われないタイプなのかと思っていましたが」

杉田さんの向ける微笑《ほほえ》みは、明らかに同類相憐《あいあわ》れむものだった。

「まあ、町長の親族ということでの仕事のやりにくさは、あなたの方がよくわかってらっしゃるでしょうけれど」

「……ご存じだったんですか」

「もちろん、知っていますよ。ところで、父の町長選立候補にあたっての公約をご存じですか？」

「残念ながら、存じ上げませんが」

「戦争による、町の活性化です。父は戦争の相手として舞坂町を想定しているようです。あの戦争研修も、父が森見町の総務に持ちかけた案件ですから」

生真面目な表情で生身の感情を覆い隠すのは、父親譲りなのだろう。

「どうします？　森見町と、戦争、していただけますか」

「町として、それが住民のため、という結論に達するならば、私たち職員は従わざるをえない。それはよくご存じのはずでしょう」

「それは、あなたの本心からの言葉ですか？」

迷いを見透かされ、思わず私はうつむいてしまう。

「正直に言って、戦争が必要なのかどうか、私には判断できません。ですが、判断できないという言葉を使うことで、深く考えるのを避けているのもわかっています」

杉田さんは頷いて、何かを考えるように空を見上げた。秋へと向かう藍を含んだ空に、飛行機雲がくっきりとした線を描いていた。

「少し、歩きませんか？」

杉田さんが私の前を歩く。森の奥へと続く遊歩道に足を踏み入れると、風の音が止《や》み、静寂が周囲を満たした。

「今回の選挙は苦労しました。もちろん小さな町レベルの選挙です。裏の動きや汚い工作も無かったとは言いません。ですが誤解してほしくないのは、父には町長になることで利権や名誉を求める気はまったくないことです。少しでも町を良くしたいと思っての町長選立候補であり、戦争事業の公約なのです」

静まった森の中、二人の足音だけが聞こえる。小さな段差があり、杉田さんが先に上って私に手を差し伸べる。少しよろけながら、私を引き上げてくれた。

「個人的には戦争などしたくはありませんし、自分が戦うのもまっぴらです。喧嘩《けんか》が得意なようには見えないでしょう?」

長そでのシャツをめくって、頼りなさげな力こぶを見せる。同調して頷きそうになるのを、下を向いて誤魔化《ごまか》した。

「ですが、町という大きな単位での十年、二十年先を考える上では、個人の意見を超越して動くべき場合もありますし、望む結果を導き出すためには意に染まぬ過程を辿《たど》らねばならぬ場合もあります。ご存じのとおり、森見町も舞坂町も、様々な面で問題を抱えています。空き店舗率が三割を超えた中心商店街。公共事業頼みの地方中小企業の実態。基幹産業がないために若者の流出に歯止めをかけられず、豊かで明るい未来を提示しえない町の現状。それらを打破するために、絶対的な起爆剤としての新規事業が必要なんです」

「それが、戦争事業なのですか。戦争でなければならないのですか？」

「少なくとも私は、最善とは言いませんが、選びうる選択肢の中ではもっとも効果的だと考えています」

数式によって導かれた答えを口にするように、迷いを寄せ付けようとしない。私はまた、彼を弟と重ねてしまった。

「区画整理事業や道路整備事業などの例を出すまでもなく、すべての住民が納得し、幸せになる事業などあり得ません。その意味では、戦争事業も他の事業と何ら変わるところはありません。事業の効果や功罪を深く考えることなく、戦争だからしてはいけないという条件反射のような拒否反応は、行政を司る者としてナンセンスです」

杉田さんが足を止め、私を振り返った。

「あなたはどうですか。やはり戦争にＮＯと言いますか？　香西《こうさい》さん」

単に事業のことだけを聞かれているわけではない気がした。受け止め切れないように感じて、今度は私が先になって、森の奥へ歩きだす。

「小学生の頃、社会科見学で、この場所に来たことがあるんです」

「ああ、私もそうです」

後ろを歩く杉田さんの声だけが聞こえる。

「私たちの故郷を守った人たちが祀《まつ》られているからお祈りしなさいと言われて、無心に手を合わせました。守る、という言葉の裏に、敵を殺して、という意味が含まれていることも考えないままに。それらが表裏一体のものだということは、誰も教えてくれなかった」

針葉樹の古木が、行く手を阻むように聳《そび》え立っていた。どちらからともなく足を止め、梢《こずえ》を見上げる。

この森は、過去の戦争で町から出征し、犠牲となった人の数だけ植樹されていると教わってきた。目の前の大樹は、いったいどれだけの年月、ここに立っているのだろう。

「答えを、探しにきたんです」

古木の姿が、私に心の内を打ち明けさせた。

「答え……ですか?」

「ここにくれば、自分にとっての戦争というものに、何か答えが出るかもしれないと思って」

杉田さんはきっと知っているのだろう。十月一日付で、私に「となり町戦争準備室」への辞令が下されるということを。内示はまだだったが、そのことは祖父から聞かされていた。

あと二週間で、戦争に向けて動き出さなければならない。この地を訪れる前から、心の中ではわかっていたのだ。森の木々が答えをくれるはずもない。答えは、自分で見つけるしかないということを。

私はきっと、わからないまま、この戦争に一歩を踏み出すことになるだろう。巻き込まれるわけでも、自ら進んででもなく。かといって諦めでもない。弟に言ったとおり、戦争をしなければならないという理論と正当性とを心の中につくりだしながら。

何も選び取らないということはきっと、別の何かを選び取ることなのだろう。向かう先に何があるのかもわからないまま、私は戦争を日常として歩き始めようとしている。

光の中で眼を閉じる。森の木々は、「鎮魂の森」などと名付けられていることなど知りもせず、人の歴史の前から変わらぬ風に、梢を揺らしていた。

振り向くと、杉田さんの姿はなかった。人の命に擬せられた木々に囲まれて、私は一人ぼっちで立ち尽くしていた。

「杉田さん」

呼び声は森の静寂に絡め取られ、どこにも届かなかった。

不意に、一つの光景が浮かんだ。幼い頃、川沿いの堤防道路を、手を引かれて歩いた記憶だ。泣いているのは弟ではなく、幼い私だった。私の前を歩くのは、祖父だったろうか？　導かれる安心と、向かう先のわからない不安とを同時に抱えながら、私は夕日に照らされた世界を歩いていた。

「杉田さん」

もう一度、その名を呼ぶ。巨木の背後から、杉田さんが姿を現した。

「私は、ここにいますよ」

求めるものへと向けられた、静かで、力強い意志を秘めた声だった。

彼の目指すものと、私の歩む先は、果たして同じなのだろうか。

「私は、歩いていけるでしょうか？　この戦争の日々を」

答えの代わりとするように、杉田さんの手が私に差し伸べられた。

答えは何だろうか。そもそも答えなどあるのだろうか。彼の導く先も、向かうべき未来もわからぬまま、差し出された手に、不安と、そしてそれを上回る安心とを感じている自分がいた。

私は彼に向けて、ゆっくりと一歩を踏み出した。

# 解　説

卯月鮎

決してホラーでもサスペンスでもないが、A市とC町の統合騒動を描いた『逆回りのお散歩』は不思議で怖い小説だ。やや大げさに形容するなら「いつでも当たる予言書」といったところか。

もともと『逆回りのお散歩』は、「統合前夜」という題で文芸誌「すばる」に掲載され、二〇一二年末に単行本として出版された。

当時、私は一読して胸の奥がぞわっとする感覚に襲われた。各々が拠《よ》りどころとする真実が錯綜《さくそう》し、混沌《こんとん》とするA市。それはまさに「今の日本の縮図ではないのか」と。浮上する尖閣諸島・竹島の領土問題、TV局への抗議デモとスポンサー企業への静かな不買運動、各地で行われる反原発集会……。それらは報道で取り上げられるものもあれば、無視されるものもあった。同じ現状に直面しているはずなのに、ネットを見ない層とネットの住人、さらにマスコミや国家の側にいる人間とでは、まるで生きている世界が違うかのよう。何が本物で何がまがい物か、前提となる足元がグラグラと揺れる不安定感……。それは本作が描こうとしているテーマだろう。比較的淡々としている三崎の文体ゆえに、熱量が少なくとぼけた味わいもあるが、同時にフィクションならではのわかりやすい構図を用い、私たちに現実の薄ら寒さを突きつけた。

あれから三年が過ぎ、二〇一五年の秋。『逆回りのお散歩』が文庫化されることになり、再びA市を訪れるべくページをめくった。そして目を見張った。これは「今の日本の縮図ではないのか」と。「戦争法案」「戦争する国」といった物騒な言葉が街中に躍り、若者たちは安保法案反対デモに参加する。それに対する、ネットの書き込みは冷ややかだ……。数年前のTV局へのデモと二〇一五年の安保法案反対デモとでは、主体となる参加者もその考え方のベクトルも大きく異なる。抗議のスタイルや報道のされ方も別物だ。しかしながら、デモという現象自体の根幹には通じるものがある。かたや匿名掲示板、かたやSNSをベースに、これまで無関心に見えた若者たちが実際に行動を起こす。

「もう誤魔化されないぞ」と怒りをもって。

『逆回りのお散歩』の中では、さまざまな立場の登場人物が想いを語る。主人公の聡美と再会したばかりの旧友・和人は、「真実を隠して統合を進めようとする市役所や市長・議員側と、真相を知る市民との戦争」だと気色ばみ、C町の公務員は「まちづくりというものは常に、長期的な視野で行うものです。たとえ今は批判にさらされても、十年後、二十年後に評価されればそれでいい」と反対運動に対して余裕を見せる。混乱に乗じて現れた奇妙な思想団体「主義者」の男は、「真実とはしょせん、今の状況ではそれが確からしく見える、というだけに過ぎんのです。風が吹けば天秤《てんびん》が揺れ、真実もまたどちらかに傾く」「その天秤をわざと激しく揺らすことによって、利益を得る者もいれば、物事を有利に進める者もいる」とうそぶく。どのセリフも、二〇一五年の今にしっくりと馴染《なじ》む。

もちろん、三崎が予知能力の使い手であるわけはないので、なぜこれほどまでに〝今〟とリンクするのかと言えば、それは「人間」、あるいは「真実というもの」の本質を捉えているからにほかならない。推進者と反対者がひとつの事柄に対して、まったく逆の見解を持つことはままある。ただ、そのとき見落とされがちなのが、聡美のような迷える市井の人々だ。たとえ歴史の転換点にいたとしても自分の意志で行動できる人は少ない。異常事態に気付かず、ぼんやり巻き込まれてしまうケースもある。本作は、そうしたうねりに翻弄される人々にも目が向けられている。単純に敵と味方に分かれてやり合うのではなく、聡美という一歩引いた視点を置くことで、ズレて噛《か》み合わない対立構造はより明確になった。

物語という観点から考えても、聡美の果たす役割は大きい。A市に久しぶりに戻ってきた聡美は、統合問題にほぼ無関心だった。だが次第に疑問を持ち始め、最後は自らの判断で行動を取る決心を固める。動かなかったものが動き出したときのカタルシスと清々《すがすが》しさ。仕事や私生活で悩みながら一歩を踏み出せない読者にとっては、力強いメッセージとなるだろう。それでいて聡美の行動が必ずしも決定打とはならない予感を残し、寂れつつある地方都市・A市と重なるように、結局は時が流れるだけという諦観、寂寥《せきりよう》感《かん》をも漂わせるのが三崎らしい。余韻は複雑だ。

聡美の存在も含めて、おそらく『逆回りのお散歩』は過去でも未来でも、会社内の派閥争いといった小さな嵐にも、国と国との衝突といった大事にも当てはまる普遍性を備えているのではないか。作中の誰に考えが近く、誰に嫌悪感を抱くのか、普段は意識しづらい自分の心を映し出す鏡にもなりうる。

今、ここを読んでいるあなたは西暦何年にいるのか。二〇一六年か、東京オリンピックの二〇二〇年か、それとも日本の人口が一億人を割るという二〇五〇年か。そこでは、また違ったデモや集会が行われているに違いない。「これは今の日本の縮図ではないのか」。そう感じただろうか。

さて、『逆回りのお散歩』は独立した作品ではあるが、さらに深く読もうとするなら『となり町戦争』の存在が欠かせない。『となり町戦争』は小説すばる新人賞を受賞し、二〇〇五年に刊行された三崎のデビュー作。自治体同士の共同事業を「戦争」と置き換える発想は、あまりに衝撃的だった。

ある日、語り手の「僕」は町の広報紙で、住んでいる舞坂町ととなり町が戦争を始めることを知る。通勤ルートに使っている、となり町への道路が封鎖されるのではないか。「僕」は私的な懸念を抱いたものの、開戦後も特に異変は感じられない。だが、広報紙には戦死者の数が小さく載るようになった……。

国家レベルならともかく、現代日本の、しかも市町村というスケールでの「戦争小説」はコメディの領域に近い。しかし、読み進めていくと笑えるどころか恐ろしさが込み上げてくる。現実感のないまま事態は着々と進行し、戦争の気配のみが濃くなる。恋愛、結婚といった個人的な話も戦争と無関係ではない。

「戦争というものを、あなたの持つイメージだけで限定してしまうのは非常に危険なことです。戦争というものは、様々な形で私たちの生活の中に入り込んできます」

作中で語られるセリフは重い。『逆回りのお散歩』にも呼応するかのような箇所がある。

「傍観者であることは、真実と無関係であることではない。真実を求めようとしない者は、被害者であり、加害者でもあり得る」

『逆回りのお散歩』と『となり町戦争』は、市町村合併を巡る騒動というテーマだけでなく、「真実」「傍観者」「人生の選択」というキーワードでもつながっている。

もう一作、この本には『逆回りのお散歩』と並び、『となり町戦争』の前日譚《たん》にあたる『戦争研修』が収録されている（初出は「小説すばる」二〇〇七年三月号）。語り手は、『となり町戦争』で主人公と偽装の結婚生活を送り、ともに偵察業務を行う町役場の女性職員・香西さん。『となり町戦争』では詳しく描かれることのなかった職員たちの戦争準備の一端が明かされる。お役所仕事の馬鹿馬鹿しさ、行政による言葉の言い換え、作り出される正当性……。三崎は専業作家になる以前、市役所に勤務していた。そのときの経験も活《い》かされているのだろう。

『逆回りのお散歩』や『となり町戦争』もそうだが、三崎は日常に埋没し、見過ごされているおかしなこと、「ヘン」なことをすくい取るのが実に上手《うま》い作家だ。前述の二作は他の作品と比べると現実感が強い内容だが、いわゆる〝三崎ワールド〟と評される、独創的な奇想を核にした短編や、架空日本を舞台にする『失われた町』『刻まれない明日』といった長編にもそれは当てはまる。

短編集『鼓笛隊の襲来』の表題作では、台風が来ると大人でもはしゃいでしまう心理、TV中継のどことなく浮かれた様子を「鼓笛隊」という単語が絶妙に切り取る。連作短編集『玉磨き』の表題作も、現代社会からすっかり取り残された伝統工芸の悲哀と大仰さが滲《にじ》み出ている。例を挙げればきりがないが、「ヘン」とは「本能寺の変」などに用いられる動乱・騒乱の「ヘン」であり、笑いを誘う「ヘンテコ」の「ヘン」であり、「変遷」のような移ろいゆく「ヘン」でもある。世の中のあちこちに隠れた「ヘン」は、三崎によって露《あら》わになるのだ。

　私は以前、書評を頼まれたとき、時間が経《た》っても古びず深みが増すという意味から三崎作品をワインに例えた。私自身は熟成を待つ高級ワインとは縁遠く、もっぱら安いチリワインなので少し気恥ずかしいが、『逆回りのお散歩』も時代の流れとともに節目節目に読み返したい作品だ。実は、そうした本を並べておく、言ってみればワインセラー的な本棚が部屋の隅にある。ここに大掃除のときに近寄ると瞬く間に年末年始がすっ飛んでいくから困る。ワインと違って飲（読）んでもなくならないのも、手狭な部屋には善し悪しだ。それでも、積み重なる未来への楽しみは、小さな灯《あか》りとなって日々の独歩を支えてくれる。

　決まりきった散歩コースをふと立ち止まって逆回りしてみれば、時計の針は戻せなくとも新たな道が見つかるかもしれない。今後、自分の住む街が、日本が、どのような方向に進むかは定かではないが、『逆回りのお散歩』が変わらず何かを気付かせてくれるはずだ。

（うづき・あゆ　書評家）

初出
逆回りのお散歩　「すばる」二〇一二年十月号（「統合前夜」改題）
戦争研修　「小説すばる」二〇〇七年三月号

本書は、二〇一二年十一月、集英社より刊行されました。

三崎亜記の本

## となり町戦争

ある日、突然に始まった隣接する町同士の戦争。公共事業として戦争が遂行され、見えない戦死者は増え続ける。現代の戦争の狂気を描く傑作。文庫版のみのサイドストーリーを収録。

## 鼓笛隊の襲来

戦後最大規模の鼓笛隊が発生、勢力を強めながら列島に襲来する。直撃が予想される地域の住民は避難を開始するが……表題作をはじめ、日常に紛れ込んだ不思議を描く短編集。

集英社文庫

集英社文庫

逆回《ぎゃくまわ》りのお散歩《さんぽ》

2015年11月25日　第1刷　　定価はカバーに表示してあります。

著　者　三崎亜記《みさきあき》

発行者　村田登志江

発行所　株式会社 集英社
東京都千代田区一ツ橋2-5-10　〒101-8050
電話　【編集部】03-3230-6095
【読者係】03-3230-6080
【販売部】03-3230-6393(書店専用)

印　刷　大日本印刷株式会社

製　本　ナショナル製本協同組合

フォーマットデザイン　アリヤマデザインストア　　マークデザイン　居山浩二

本書の一部あるいは全部を無断で複写複製することは、法律で認められた場合を除き、著作権の侵害となります。また、業者など、読者本人以外による本書のデジタル化は、いかなる場合でも一切認められませんのでご注意下さい。

造本には十分注意しておりますが、乱丁・落丁(本のページ順序の間違いや抜け落ち)の場合はお取り替え致します。ご購入先を明記のうえ集英社読者係宛にお送り下さい。送料は小社で負担致します。但し、古書店で購入されたものについてはお取り替え出来ません。

© Aki Misaki 2015　Printed in Japan
ISBN978-4-08-745381-2 C0193